山手線死亡遊戲

山手線デス・サーキット

藤 達利歐 藤ダリオ 著
雍小狼 譯

名家推薦

作者將自己豐富的電影與動畫製作經驗、專業素養充分地融入小說中，故事既掌握住緊湊流暢的敘事結構吸引讀者眼球，也保留了與社會真實案件、經典影視作品結合的內涵。以手機發送命令簡訊的設定教人懷念，在頸上炸彈與摯友命危的威脅中卻能夠樂在其中的主角也真是夠膽識。刺激的對決從頭至尾都期盼著真相的揭曉，而結局也充滿了意外的飽足感與事前無法想像的黑幕。經歷一場你死我活的智鬥後，主角與幕後元兇最後的王見王，為全書留下無限的遐想空間——還想再看下去！

百萬人氣部落客／喬齊安

目錄

第一章　山手線回合

第二章　中央線回合

第三章　最後回合

第一章　山手線回合

1 山手線・外環電車（a.m.6:00）

「喂，快起來。」

女人的清澈嗓音在耳邊響起，把朝倉修平給叫醒了。這是一輛乘客稀疏的空蕩電車，修平就坐在其中。瞬間，劇烈的頭痛襲擊他的太陽穴，他感到全身無力，肩膀上彷彿擔了石頭般沉重，他不經意地環顧四周，電車似乎暫時停靠，窗戶外面是凹凸不平的水泥牆壁。終於，電車響起即將駛離的警告音，斜後方的門靜靜關了起來，電車也搖搖晃晃地發動了。他仔細一看，看見了寫著「巢鴨」的站名。

「是山手線啊……」

窗外的水泥牆逐漸降低，慢慢看見了外面的景色。

「為什麼我會坐上電車呢？」

修平的腦中完全沒有坐上這班電車的記憶。

「你叫朝倉修平，是吧？」

修平聽見了叫醒自己的聲音，往旁邊一看，一個沒見過的女人緊靠在他左邊坐著。她的年齡約二十二、三歲，瓜子臉，嘴唇有點豐厚。不知道是剛睡醒，還是刻意做的造型，蓬鬆的鮑伯頭顯得有點捲翹，她穿著牛仔褲，以及深V的毛衣，害得修平眼睛不知道該擺哪裡好，她的胸部，應該有E罩杯吧，脖子上圍著深藍底白色點點的脖圍。雖然修平不太了解時尚流行，但仍覺得她的脖圍不怎麼搭調。車上乘客不多，為什麼這個不認識的女人卻絲毫不留間隙，緊緊坐在修平身邊呢？

她到底是誰？

「我也搞不清楚。」她說。

「咦？」

一瞬間，修平還以為她有什麼未知的超能力，看穿了修平的心思。不過，似乎並非如此。

「我也沒有坐上這班電車的記憶，眼睛一睜開，就坐在這裡了。」

修平剛剛自言自語的悄悄話，似乎被她聽見了。

「我也一樣。」

「我們似乎惹上了大麻煩。」

她一邊說，一邊輕輕舉起右手，隨著金屬聲音鏗鏘響起，修平的左手也被吊了起來。

「咦？這……這是怎麼回事？」

現實令修平太過震驚，不明所以的他，發出沙啞的聲音回道。

她的右手和修平的左手被手銬銬在一起。

「別驚訝得太早，還有這個呢。」

她舉起沒被手銬銬著的左手，把脖圍拉了下來。她的脖子上，套了一個像計時器的鐵製機械頸環。

「你看，我們完蛋了啦。」她似乎快哭了出來。

「該不會，我的脖子上也有吧？」

修平慌慌張張地摸了一下脖子，他也套著脖圍，裡頭戴了鐵製的頸環，恐怕跟她是一樣的。原來彷彿肩負重擔的感覺，都是因為這東西害的。

「你覺得這是什麼？」她不安地問。

「讓我看看。」

修平伸長了脖子，把臉貼近她的頸環。寬五公分，在厚約三公厘的頸環上，有四位數的數字鎖，還有一個數位計時器。計時器上面顯示著「4:58:33」，數字一秒一秒地倒數著。

四小時五十八分，這時間指的是什麼？

不論如何，這件事實在非同小可，令修平的心情忐忑不安，彷彿像是在美國發生過的那起事件一樣。

「我記得在電視上看過類似的事件，有人曾經用這種炸彈頸環去搶銀行。」

什麼嘛，原來妳也知道啊。為了不讓她驚慌失措，修平還故意不提這件事，看來根本沒必要隱藏。

「披薩外送員頸環爆炸死亡事件。」

「就是這件事，你知道嗎？」

「那是二〇〇三年八月二十八日在美國賓夕法尼亞州發生的事件。有個名叫布萊恩．威爾斯的男人出外送披薩，卻被人在脖子套上炸彈，逼他去搶銀行。」

「你知道得還真詳細。」

「我很喜歡各種冷知識，對犯罪事件和意外事故特別感興趣，連事發的年月日都能正確記在腦裡。我想做個統計，看看一個月或一星期內的哪一天，最容易出現哪種犯罪。」

「原來如此。你未來一定想當推理作家吧。」

她的口氣彷彿跟修平很熟似的。

「這個頸環裡也裝了炸彈嗎？」

「沒想到日本有人會模仿這麼危險的行為……」修平避重就輕地回答。

此時，手機來電鈴聲響起，旋律聽起來像七〇年代流行的機器人動畫主題曲。

修平和隔壁的女人互看了一眼。

「這是怎麼回事？」

來電鈴聲在乘客稀疏的車內大聲響著，其中有幾人狠狠地瞪著他們。修平用沒被手銬鎖住的右手，撈著自己卡其褲的口袋，但是裡頭什麼也沒有。為他戴上頸環的犯人，把他的私人物品都拿走了。

來電鈴聲是從修平隔壁發出來的。

「手機在妳那邊吧？」

修平不知道她的名字，不曉得該怎麼稱呼，只好直接叫她。

「咦？我嗎？」

「口袋裡有沒有被人放了手機？」

「我看看……」

她將左手伸進牛仔褲口袋，拿出了一支手機，是多功能的智慧型手機。

「這不是我的手機。」

「可以借我一下嗎？」

「好的。」

修平從她手上拿過智慧型手機，並把來電鈴聲關掉。

他們倆又對看了一眼。智慧型手機的螢幕上，顯示著收到郵件的通知訊息。

「有人寄信來。」

「這可不關我的事。」

「我打開來看看，可以吧？」

她只是低下了頭，一臉詫異。修平不等她回答，直接點擊智慧型手機的螢幕，打開了收件匣。

寄件人：遊戲製作人

信件主旨：初次見面

「這是怎麼回事？」

修平強忍著害怕，打開了那封郵件。

人生就是一場遊戲。

既然要玩，就要樂在其中。

初次來信，我是遊戲製作人，我是個天～才。

你們是低賤的人種……不對，是遊戲來～賓。

接下來我將邀請你們賭上性命進入快樂的遊戲世～界。

馬上開門見山，為你們簡要說明遊戲規～則。

從現在起你們所有的行動，都要服從我的指～令。

沒有接獲指令，禁止下～車。

另外，別將現在的狀況告訴任何人。

違反規則的人，頸環炸彈就會砰的一聲，獏氏。

遊戲現在開始。

讀完郵件的她瞠目結舌地說：「現在是怎樣？」

「這個遊戲製作人，應該就是把我們丟到電車上的犯人吧。」

「獏氏又是誰啊？」

「這不是人名啦，他應該是想寫爆死[1]吧。」

「所以，是他選錯字了嗎？」

「他是故意的。遊戲製作人故意要我們。」

這封荒謬的恐嚇郵件，實在無法用常理思考。到底遊戲製作人是誰？修平心中感到一股莫名的恐懼。

電車速度慢了下來，停進駒込站。

巢鴨站的下一站是駒込站，也就是說兩人乘坐的是照著順時針方向運行的山手線外環電車。車門打開，幾名乘客下了車，還有幾名留在車上。現在還是清晨時刻，乘客不多。修平的視線落在智慧型手機的螢幕上，上頭顯示三月×日（星期六）六點二分。參加完高中畢業典禮後，已經過了一天。

「喂，我們不下車嗎？」隔壁的女人說。

「妳在說什麼啊？沒有接獲指令禁止下車，郵件上不是寫了嗎？」

「可是，我們得找人求救……」

「別開玩笑了，我們得先搞清楚現狀。要是下了電車，去找站務員求助，說不定我們立刻就會被爆死。」修平降低音量說。

「真的嗎？」

「拜託……剛剛的信妳不是也讀了嗎？」
「嗯……」
「上面不是有寫說，擅自下車的話，頸環炸彈就會砰的一聲爆炸？」
「是嗎，原來不能下車啊。」
傻眼的修平大嘆了一口氣。不過，她會問這種愚蠢問題也是情有可原，畢竟脖子上被套了一顆炸彈，教人如何能冷靜下來呢。
「我接下來該怎麼辦才好？」
「想得救的話，就要遵從遊戲製作人的指令……」修平說到一半，突然停了下來。「不，想得救的話，就要遵從我的指令。只要聽我的話，就能得救。」他改口說道。
就在兩人對話時，電車駛離了駒込站。
「假設脖子上這東西真的是炸彈的話，會不會突然爆炸呢？」
「這倒是不會。」
「為什麼？」

1 「獏氏」與日文「爆死」是同音字。

「在這裡把我們爆死，犯人什麼也得不到。」

「萬一犯人根本不想得到什麼呢？」她似乎恢復了平常心，用鎮定的語氣說道。

「妳認為對方有可能是快樂殺人犯？」

「嗯，沒錯。」

「如果大鬧天下就能讓對方開心的話，只要在電車中引爆炸彈，就能達成他的目的，沒必要搞得這麼複雜。也就是說，他並不是快樂殺人犯。大費周章將我們銬上手銬、套上頸環、留下智慧型手機，犯人一定有什麼目的。就算套在脖子上的這東西真的是炸彈，也不會隨便被引爆。」

「修平，你還真冷靜。」

「我也是拚了命在保持平常心啊……欸，可是，妳怎麼知道我的名字？」

修平對記憶力很有自信。只要是見過面講過話的人，他幾乎都記得。隔壁的這個女人不是絕世美女，但卻有著可愛又具個性的臉蛋，如果在大學裡，應該是校園美女選拔賽亞軍的水準吧。雖說不上非常喜歡，但絕對不是令人討厭的類型，更何況，她還有著迷人的身材比例，老實說吧，她的胸部實在太犯規了，如果以前在別處遇過的話，絕對會記得的。

「我是內川光太郎的姊姊，千尋。」

「光太郎的姊姊？」

內川光太郎是修平高中同年級的好友，雖然記得他有個大五歲的姊姊，但這還是第一次見面。光太郎說過，他姊姊是個大學肄業、遊手好閒、令人頭疼的打工族。那個令人頭疼的姊姊，原來就是她啊。

「我在電視上看過你，所以知道你是修平。」

「啊，是嗎，原來妳看過那節目啊。」

去年夏天，修平和光太郎組隊，參加在栃木、茨城、群馬、千葉、埼玉、神奈川、山梨，以及東京播放的關東地方電視台——ＴＹ文化頻道的猜謎節目《高中猜謎王冠軍》，並且獲得了優勝。其中，修平還被選為最有價值參賽者（ＭＶＰ）。既然她是光太郎的姊姊，看過那節目也是理所當然的事。

「光太郎現在到底怎麼樣了？」

修平的記憶，突然甦醒了過來。

參加完高中畢業典禮之後，修平和同年級的猜謎研究會夥伴：內川光太郎、石橋大河、中村仁志等一行四人到卡拉ＯＫ狂歡。他們上的是私立男校，雖然沒有女生的畢業派對有點寂寥，但和臭氣相投的夥伴們狂歡還是十分開心。他們四人將分別進入不同的大學就讀，光太郎的目標是成為醫師而進了醫學大學，大河夢想成為電影導演而進了藝術大學，仁志為了當上物理學家而進了私立大學名校的理工科，修平則因想成為作家而進了國立大學的文學科系。

「雖然還未成年　，但為了慶祝，我們來喝酒吧！」此話說完，仁志和光太郎就點了雞尾酒，而大河則點了啤酒。

「酒到底哪裡好喝？那種東西只是墮落的大人們逃避現實的簡便手段罷了。」

修平酸了幾句後點了可樂，其實他一滴酒都不能碰。國中生時他嚮往大人的滋味，曾於深夜偷偷在房間喝了威士忌，結果馬上全身脹紅還起了疹子，非常不舒服。從那之後，修平挑戰過啤酒、燒酎、葡萄酒、日本酒等各種酒類，結果全都無一倖免，應該是體質和酒精不合吧。喝醉之後會感到愉快？這種事修平才不信呢。

「猜謎王又開始說大道理了。」仁志打斷了他。

「什麼大道理，我說的是真理。」

「可是，喝酒的人好像比較長壽。」仁志開始說起不知哪裡聽來的小知識。

「是那些人本來就長壽，所以才有辦法喝酒，並不是喝了酒之後才變長壽的。」

修平反駁道。

「我是因為好喝才喝酒的。搖滾樂和酒，就是我的人生。啤酒是史上最強的飲料喔！」大河一邊嘶吼一邊喝著啤酒。

「菅原道真公，我們四人都上了志願校，也都平安從高中畢業了，感謝您的保佑。」說完，仁志就把雞尾酒喝了。

「為什麼？我們考上大學關菅原道真什麼事？」修平插嘴說。

「去年一月，為了祈求考上大學，我們四人不是去龜戶天神社參加了鷽替神事[2]兇嗎？那裡祭祀的神，就是菅原道真公。」

「我們考上大學是憑實力的！」

「驕傲的咧。」

「沒錯，我就是驕傲，有什麼不對的嗎？」

光太郎笑著看修平等人在一旁大鬧。若要用一句話來形容他，那就是溫厚。他是個頭腦明晰的美男子，個性又溫柔。雖然修平的五官也很端正，論容貌絕對不輸給他，但只要光太郎在一旁，便會突顯自身性格的缺點，因此修平一直很希望他變得更討人厭一點。要說光太郎有什麼缺點呢，大概就只有過敏性鼻炎了吧，他對屋子裡的灰塵很敏感，只要進到骯髒的房間裡鼻水就停不住，卡拉ＯＫ也是應光太郎的要求，選了

2 鷽替神事，祭祀菅原道真的神社特有的行事。鷽即為紅腹灰雀，此舉指將舊的木製雀鳥還給神社購入新品一事。由於「鷽」與「學」同音，因此帶有祈求學問順利的意涵，另外「鷽」的另一個日文讀法與「謊言、虛假」相同，所以也有趨吉避凶之意。

附近最乾淨的一間店來唱。

「這間店的啤酒，好像怪怪的。」喝了啤酒後，大河有些怨言。

「這什麼鬼東西？搞屁啊！」

修平將送來的瓶裝可樂就口喝下，大聲說道。

「都沒氣了，這樣豈不成了甜甜的黑水？」

憤怒的修平一邊抱怨，一邊將手伸向包廂裡設置的電話。記憶到這邊便中斷了。

那瓶可樂裡，該不會下了安眠藥吧……醒來之後頭會那麼重，說不定就是安眠藥害的。光太郎他們後來怎麼了呢？該不會也被迷昏，送到別的地方了吧？

修平和千尋乘坐的電車停靠了田端站。

「我有個問題想問……」千尋緩緩開口說道。

「什麼事？」

「關於美國的那個犯罪事件，後來披薩外送員下場如何？」

千尋似乎不記得那個事件的始末了。

「這個嘛……」修平答不出話來。

「你知道結果吧？告訴我。」

「披薩外送員布萊恩・威爾斯雖然按照犯人的指令去搶了銀行，但卻未能成功逃離警察追捕，最後在防爆處理小組到達之前被爆死。」

「他、他死了嗎？」

「所以才叫披薩外送員頸環爆炸死亡事件啊。」

聽聞此事，她的臉色突然大變。

「先別擔心，現在還不知道我們脖子上的頸環裡是不是裝了炸彈呢。」修平想說話安撫她的不安。

「可是，雖然犯人在郵件裡選了錯字，但確實寫的是爆死沒錯吧。」

「那只是要嚇唬我們罷了。而且，兩起案件的狀況大不相同。」

「哪裡不同？」

「那個事件背後還有內幕。披薩外送員和犯人本來就認識。雖然外送員是被犯人騙了才裝上炸彈，但他本來就是犯罪組織中的一員。」

「可是，他最後被爆死了吧？」

「是沒錯⋯⋯」

你這樣說的話，就死路一條了。修平想起這句爸爸常說的話，似乎是某部電影裡的台詞，修平不記得那部電影的片名，當然，也沒看過那部片。

電車從田端站發車了。

「拿這支智慧型手機打電話出去，向別人求救如何？」千尋說。

「值得一試，但現在還不是時候。」

「為什麼？」

「我們還不知道遊戲製作人有什麼要求。讓我們再跟這個瘋狂犯人周旋一下吧。」

打腫臉充胖子的修平，假裝一副老神在在的樣子。

「就這樣什麼都不做，繼續坐山手線電車嗎？」

這樣講起來好像有點令人不爽，但現狀是他們什麼也辦不到。他們無法保證，脖子上套著的東西絕對不是炸彈。更何況，如果修平是因為喝了安眠藥而被綁架，光太郎他們應該也被抓起來了，要是擅自行動，說不定會造成他們身上無法挽回的傷害，因此現在雖然坐立難安，還是只能等待遊戲製作人的指令行動。

電車駛離西日暮里站後，收到了一封新郵件。修平迫不得已，還是把信打了開來。

寄件人：遊戲製作人

信件主旨：恭喜畢業

致高中猜謎王冠軍朝倉修平
恭喜畢業。
今天為了慶祝，邀請你來參加驚喜遊戲。萬一遊戲輸了你就鑰匙～
遊戲由數字較大的一方獲勝，連小學一年級學生也會玩吧。
此外，本遊戲不能退～出，退出就會死～
也不可以向警察等人求援，否則也會死～
想要把頸環拆下來的話，炸彈就會砰的一聲爆～炸，這樣也會死～
啊～不管做什麼都是死，真可蓮。
請你賭上性命來挑戰這個遊戲吧。

「他又選錯字了。倒數第二行，他應該是要打可憐吧，最後一個字卻選成蓮了。」

千尋指出了這個錯誤。

「他是故意的。假使遊戲製作人是用拼音輸入法打字，為了打出可憐二字，必須輸入 KELIAN 這串拼音。因此不可能只有單獨憐一個字被打錯，一定是故意把正確的憐字刪掉，重新打成蓮送出的。就算用注音輸入法打字，輸入『ㄎㄜˇ ㄌㄧㄢˊ』最後一個字也不會變成蓮。這一定是他在胡鬧。」

「可是，說不定這個詞有登錄使用者詞庫啊。說不定他愛去的咖啡店就叫『可蓮』，所以才把這個詞登記到詞庫裡。因此，打字的時候最後一個字才變成蓮，難道沒有這種可能性嗎？」

「百分百不可能。」

修平斷言之後，千尋對他碎碎唸了幾句，修平無視她的碎唸，再次閱讀這封信件，發現選錯字的不只「可蓮」而已。她似乎沒注意到，這封信裡有個錯得更離譜的句子，就是「萬一遊戲輸了你就鑰匙～」這句話。恐怕是犯人故意把「萬一遊戲輸了你就要死～」其中幾個字打錯的吧。此外，這封郵件裡還有幾個令人在意的地方。

「遊戲由數字較大的一方獲勝。」

這到底是什麼意思？是要跟千尋在遊戲中對戰的意思嗎？還是有其他被迫參賽的人呢？修平腦中閃現的，是光太郎他們。難道是要跟他們對戰，贏的人得以生存，輸的人就要被爆死嗎？實在是疑點重重。此外，最令修平在意的是「請你賭上性命來挑戰這個遊戲吧」這句話，他對這段台詞有印象。當修平參加電視節目《高中猜謎王冠軍》時，他總是把「賭上性命來挑戰」當作口頭禪，臉上擺出一副跩樣。有些觀眾對他這種過分自傲的態度看不順眼，在網路留言板上留下了誹謗中傷的言論，遊戲製作人一定也看了那個節目。

電車中途停靠日暮里站、鶯谷站，往上野站方向駛去。遊戲製作人發出的新郵件又來了。

寄件人：遊戲製作人
信件主旨：規則說明

我來說明遊戲的規～則。
這遊戲結合了猜謎和賽跑，其實是個劃時代的新遊～戲。
猜謎問題最多可以答錯三～次。
只不過，答錯一次就會死一個人～質。
答錯三題的話，人質就會全部死光～光。
然後，答錯四題的話遊戲玩家也會被炸～死。
賽跑的部分，請按照指令行～動。
只要一次沒成功遵照指令就失去遊戲資格。掰掰。死翹～翹。
關於人質介紹，請參見附檔。

「人質出現了。」

修平點開附件檔案，螢幕上播放出一段影像。

那是一間有著水泥牆壁，沒有窗戶，地上積了沙塵，宛如廢墟一般的房間。裡頭有三個嘴巴被堵住綁在椅子上的男人，從左邊起分別是中村仁志、內川光太郎、石橋大河。三人的旁邊有個蒙上了臉，只露出眼睛、鼻子、嘴巴的男人，單手拿著手槍在房裡踱步。

影片雖然只有幾秒的時間，卻令修平和千尋緊張不已。

「是光太郎。」

千尋發出哀號，而修平則將嘴巴緊閉成一直線思考著，要是輕舉妄動，光太郎他們可能會沒命。正如修平所料，他們三人果然也被綁架了，而且還被監禁起來成了人質。

「果然沒輕舉妄動是正確的選擇。」修平低聲說道。

「什麼？」

「雖然只是孤注一擲，但我有個從頸環炸彈中逃生的方法。」

「真的嗎？」

「如果頸環裡裝的是定時炸彈，那麼在爆炸前還有四小時以上的時間。在時限到來之前，電車將會停靠東京車站，只要能逃進車站中的派出所就有可能得救。」

「難道炸彈不會在那之前爆炸嗎？」

「如果不是定時炸彈的話，很有可能是用無線電波引爆。下了電車之後，我們就該趕緊逃往電波觸及不到的地方避難。」

「有這種地方嗎？」

「如果有的話，我第一個想到的是東京車站。那裡是東京的中央車站，而且也是曾發生過兩次首相遇襲事件的車站，既然如此，一定有萬全的警備能夠因應。同樣的，上野站也是一個大站，從巢鴨開始搭乘電車的我們，第一個能逃出去的地方就是上野站。」

「為了不讓我們逃走，所以才在抵達上野站前告知人質的事？」

「應該可以這麼想。」

遊戲製作人到底是為了什麼目的，才做出這種愚蠢的行為呢？修平心中抱持著很大的疑問。千尋認為對方可能對犯行引以為樂，花了這麼多工夫設下圈套，犯人或許真是瘋狂的快樂殺人犯，以欣賞修平等人痛苦的姿態為樂。如果真是這樣就麻煩了，這種類型的犯人都是來真的，不喜歡說謊或虛張聲勢，因此脖子上套著的東西，很有可能是炸彈，要是不慎重行事，就真的完蛋了。

電車沿途停靠上野站、御徒町站、秋葉原站、神田站、東京車站、有樂町站、新橋站、濱松町站，以及田町站等，朝品川站前進。這段期間內，遊戲製作人都沒寄信來，然而就在電車抵達品川站時，收到了一封新郵件。

寄件人：遊戲製作人

信件主旨：面板

有個叫面板的ＡＰＰ，打開來看看吧。

關掉郵件的修平，看見螢幕上顯示了一個叫「面板」的ＡＰＰ。

「什麼是ＡＰＰ？」千尋問到。

看來她應該是個對電腦和手機不太熟悉的人。

「ＡＰＰ是應用程式的英文縮寫，是讓電腦執行特定指令的軟體。」

「修平你真的什麼都知道耶。」

「這是常識，現在的高中生都知道。」

「不好意思喔。」

千尋板起臉來鬧脾氣，修平不予理會，打開了面板這個ＡＰＰ。接著，出現了像劇場或電影院座位表般的一張圖。

第一列從左到右為Ａ－１、Ａ－２、Ａ－３、Ａ－４。

第二列從左到右為Ｂ－１、Ｂ－２、Ｂ－３、Ｂ－４。

第三列從左到右為Ｃ－１、Ｃ－２、Ｃ－３、Ｃ－４、Ｃ－５。

第四列從左到右為Ｄ－１、Ｄ－２、Ｄ－３、Ｄ－４、Ｄ－５。

規則在第五列和第六列時有了改變，從左邊數來第四格變成縱向的長形格子，上面寫著ＥＦ－４。

第五列從左到右為Ｅ－１、Ｅ－２、Ｅ－３、ＥＦ－４（和第六列相連）、Ｅ－５。

第六列從左到右為Ｆ－１、Ｆ－２、Ｆ－３、ＥＦ－４（和第五列相連）、Ｆ－５。

如果這是劇場的座位圖，全部共有二十七個座席。

「這個面板是什麼？」

「根據郵件中所言，我們參加的是猜謎遊戲。既然如此，這就應該是……」

「猜謎25，是吧。」千尋搶著說，蓋過了修平的話。

「是朝日放送製作，朝日電視台播放的《面板猜謎25》。不過這個面板的數

A–1	A–2	A–3	A–4
B–1	B–2	B–3	B–4

<table>
<tr><td>C–1</td><td>C–2</td><td>C–3</td><td>C–4</td><td>C–5</td></tr>
<tr><td>D–1</td><td>D–2</td><td>D–3</td><td>D–4</td><td>D–5</td></tr>
<tr><td>E–1</td><td>E–2</td><td>E–3</td><td rowspan="2">EF–4</td><td>E–5</td></tr>
<tr><td>F–1</td><td>F–2</td><td>F–3</td><td>F–5</td></tr>
</table>

目和配置有所不同。猜謎25是五行乘以五列的二十五個問題，這裡的問題則有二十七個。」

「那個猜謎節目的規則很像黑白棋，對吧？每個隊伍顏色不同，答對問題之後選擇一個面板，將其填上自己隊伍的顏色。只要用兩個同色的面板包夾，就能奪取對方隊伍的面板，改成自己的顏色。因此最後有可能會逆轉勝翻盤。」

「郵件裡也有寫到遊戲由數字較大的一方獲勝，看來這應該是規則變化過的面板猜謎遊戲。」

「是啦，一定是這樣沒錯。奇怪，那對戰的對手呢？」

千尋說完，修平輕輕點了點頭，的確可能有其他對戰對手存在。

兩人看著如座位表一般的圖示時，電車已經駛出品川站，停靠過大崎站，朝五反田站前進了。遊戲製作人又有新的郵件寄到，但這次的內容卻和之前截然不同。

寄件人：遊戲製作人

信件主旨：指令

在五反田站換乘六點三十四分發車的山手線內環電~車。

能夠說話的對象，只有銬著手銬的隊友而～已。
下了電車之後，越過月台，從最近的車門上車。
擅自在月台上繞路是不～行的。
要是違反規則，麥士。
注意，只要一次沒有遵守指令就掰掰了，千萬不要換錯車喔。

「第五行的麥士，也是爆死[3]的意思嗎？」
對於千尋的問題，修平以「對方是在嘲弄我們」來回覆。
電車駛入五反田站月台，修平和千尋一同從座位上站起，走向門邊。
「喂，我們牽手好不好？」千尋貌似害羞地說。
「咦？什麼？」面對她提出的要求，修平驚訝地張大了口。
「這樣子太顯眼了吧。」
千尋動了動被手銬銬住的右手，鏗鏘鏗鏘的金屬撞擊聲，響徹車內。
「說得也是。」
修平牽起千尋的手，才發現她微微地抖動著。她很害怕，這也是人之常情。
「別擔心，這個犯人只是模仿美國的案件，想嘲弄我們罷了。脖子上的頸圈一定不是炸彈。」

電車停進了五反田站。

2 五反田站（a.m.6:33）

電車的門開了，修平和千尋為了不讓別人看見手銬而緊緊貼著，下到了月台。他們遵從遊戲製作人的指示，橫越如細長島嶼般的月台，往東京・上野方向電車的乘車處移動。修平感覺到別人的視線，於是向右一看，看見了一個認識的人。

「原來如此。」

「怎麼了？」

「我們的戰鬥對手，就是他們。」

修平說完，千尋便將視線朝右方移動。

距離約二十公尺處，有一對高中生男女在等電車。他們戴的脖圍與修平和千尋的顏色不同，是鮮紅色底黑色點點的款式，兩人也一樣緊貼彼此站著。

3 「麥士」也是日文「爆死」的同音字。

「他們是誰？」千尋問道。

「埼玉大志高中的坂上俊也和新井麻衣子，在高中猜謎王冠軍決勝回合與我對戰過。」

坂上似乎瞪著修平他們，雖然有一段距離，卻仍能感到殺氣。是充滿敵意的視線。

「這場遊戲該不會是《高中猜謎王冠軍》的復仇戰吧？……等等，如果是這樣的話……」

修平的視線轉了一百八十度，往左側看去。

「果然沒錯。」

「這次又怎麼了？」

千尋將視線朝向左方，發出了「咦！」的聲音。

左方距離約二十公尺處，有一對戴著淺藍色底白色點點脖圍的男女。

「該不會你也認識他們吧？」

千尋問完，修平點了點頭。

「他們是橫濱海斗高中的久我葉月和辻正彥，是進入《高中猜謎王冠軍》四強的參賽者。然後……」

修平將眼睛瞇起來，朝葉月他們的後方看去。再過約二十公尺處，有一對戴著黃色底黑色點點脖圍的男女站在那裡。

「還有別的隊伍嗎？」

「在葉月他們後面的，也是進入《高中猜謎王冠軍》四強的參賽者，是宇都宮光榮學園的佐佐岡拓馬和西山彩。」

「總共四個隊伍，豈不是跟猜謎25一樣嗎？」

面對興奮的千尋，修平以冷淡的口氣回道：

「別這麼快下定論。」

「其他六人的遭遇也跟我們一樣嗎？」

千尋瞪大眼睛，激動問道。

「或許吧，他們應該也是被迫參加了這個愚蠢的遊戲。」

修平凝視著葉月，他們最後一次見面是在約八個月前，《高中猜謎王冠軍》的錄影現場。這段期間內不知發生什麼事，她變得成熟許多，也變漂亮了，以前她戴著一點也不時尚的銀框眼鏡，現在似乎改戴了隱形眼鏡，臉上並沒掛著鏡框。雖然距離有點遠看不清楚，但她好像還畫了淡妝，彷彿變成了完全不同的另一個人。

「幹嘛這麼熱情看著人家？」

面對一直盯著葉月看的修平，千尋問道。

「她整個人散發出完全不同的氣氛，我有點驚訝。」

「哪裡不同？」

「好像變成熟了……」

「人家十八歲了吧？只是長大了而已。」

「長大了啊。」

山手線內環電車駛進了月台。

久我葉月後悔了。

為什麼她會被捲入這樣的事件裡呢？肯定是去年夏天參加了電視節目《高中猜謎王冠軍》的緣故。葉月報名時沒想太多，就這樣通過了預賽，她原本只是想去電視台參觀而出場比賽，沒想到卻沒留下什麼快樂的回憶。這並不是指她沒答出猜謎的問題，她雖然沒晉升決勝回合，但至少也進入了四強，成績並不差。

「要是我沒去上過那個節目就好了。」

上電視後的葉月備受羞辱。從那天起，有些事情變了。葉月從小喜歡算數，讀書對她而言是件幸福的事，解開困難的數學題目時，她總是開心不已，她曾經夢想自己將來成為一個數學家。當同學追逐偶像與時尚時，葉月卻一點興趣也沒有，然而，她卻因為那個節目成了被嘲笑的對象。

「葉月的服裝品味看起來好像七〇年代的重考生。」主持人嘲弄她。

「眉毛也太粗了吧！」朝倉修平譏笑她。

「超瞎！」不知何人這麼說她。

以前從不在乎打扮的她，突然對自己的外貌感到羞恥了起來。上過電視之後，由於太在乎旁人的眼光使她不敢外出，她覺得這樣下去不行，於是開始讀起時尚雜誌，也學會了化妝。

「我已經變成如此可愛的女孩了。」

化妝和時尚改變了葉月的人生。此時，她得知《高中猜謎王冠軍》要舉辦同學會的消息。

既能夠報一箭之仇，又能給大家看看美麗的自己，讓大家刮目相看。

或許是太過輕率，也或許是聽信魔鬼的讒言，一路慎重成長至今的她，也只不過是個溫室裡長大的高中生，很輕易地就被騙了。沒想到自己竟會被捲入這個愚蠢的遊戲……葉月欲哭無淚。

3 山手線・內環電車（a.m.6:34）

修平和千尋上了電車，坐在座位上。

被迫參加這個遊戲的人，不只修平和千尋。在《高中猜謎王冠軍》獲得亞軍的埼玉大志高中的坂上俊也和新井麻衣子，進入前四強的橫濱海斗高中的久我葉月和辻正彥，以及宇都宮光榮學園的佐佐岡拓馬和西山彩，也都被迫參賽競爭。連同修平這隊，一共四隊八個人。

遊戲製作人是故意想讓《高中猜謎王冠軍》的選手再戰一次吧。

「你不跟朋友們說說話嗎？」千尋問道。

「郵件上不是寫了嗎，只要跟隊友以外的人說話就會被爆死。」

「啊，說得也是。」

就算能夠交談，他們所知的情報應該也跟修平差不多吧。

電車發動時，遊戲製作人寄來了一封新郵件。

寄件人：遊戲製作人
信件主旨：忘了說明

你們應該注意到了吧，參加這個遊戲的人，不只你們兩位而已唷～

只有一隊怎麼玩得成遊戲嘛。

禁止和其他隊伍的人對話或使用郵件交～談。

使用手語或手勢也是禁止的唷～

能夠說話的對象，只有被手銬銬起來的隊友而～已。

萬一不遵守規則的話，

ㄅㄠˋ ㄙˇ，火日廿水一弓心，BAKUSI，bakusi，麥士，幕史，博市，爆死，爆爆爆爆麥芽發芽，獏子愛吃草，幕末被爆死，賭博被爆死，爆死，爆死，爆死。

「真是亂七八糟的一封信。」

千尋不耐煩地說，修平則沒有回話。

他想不通，包括修平自己在內有七人是《高中猜謎王冠軍》前四強的參賽者，但只有千尋與此無關。為什麼只有修平的隊友不是同樣參賽的光太郎，而換成了千尋呢？他轉頭瞄了一下千尋的側臉，她真的是光太郎的姊姊嗎？雖然兩人的五官是有點相似，但也說不上非常像。

「可以放手了嗎？」

「什麼？」修平花了好幾秒鐘，才聽懂千尋說的話。

「你的手啦，到底要牽到什麼時候？」

「啊，對不起。」

原來自己的手還跟千尋牽在一起。修平慌張放開手，潮濕的掌心冒出了汗珠。

「你是不是一直在偷看我的胸部？」

「咦！」修平驚呼出聲。

「色狼。」

「不不不，我沒有偷看。」

「騙人，我都看見了，你的視線一直盯著我的胸部。」

「我是……我是想看頸環啦。可以再給我看一次嗎？」

修平慌慌張張地找了個藉口。為什麼在這種情況下，還會被誤認為是色狼呢？只不過是看了一下她的側臉罷了。

「給你看吧。」

千尋鬆開了脖圍，露出脖子周圍的部分。白色的肌膚上被頸環勒出紅色的痕跡，右邊的鎖骨上有顆小小的黑痣，不知為何有股性感的韻味。越說不准看就越想看，人類就是有這樣的心理特性，修平悄悄將視線往下移，看見了千尋豐滿的胸部。童顏巨乳的千尋，在宅男界應該很有人氣吧，修平也不討厭這樣的類型。而且，和同年齡的女孩相較之下，千尋更有股成熟女性的性感魅力。瞬間，修平忘記了殘酷的現實，陷入了色情的妄想之中。

「喂，看夠了沒？」

千尋這麼一問，修平便急忙將視線往回移。頸環看起來很堅固，用蠻力應該無法扯壞，要解除頸環，必須輸入四個數字打開密碼鎖，光就外觀而言，看不出炸彈設置在什麼部位。

「看來是無法輕易拆除。上頭裝了密碼鎖，只要知道那四個數字是什麼，就能解除頸環。」

「可是，我們又不知道數字是幾號。」

「沒錯。」

修平說完，千尋便用脖圍將頸環遮住。

「修平，你該不會對這個遊戲樂在其中吧？」

「妳在說什麼啊？怎麼可能有這種事。」

「那就好。你偶爾會露出開心的神情。」

修平心中一驚，還真被她說中了，雖然不能算是開心，但修平並不討厭現在的狀況。理論上，要在生命確保不受威脅的情況下才能盡情享受遊戲，但一推敲起遊戲製作人的目的，他就忘了自己正身處險境，而沉迷於解謎的快感裡了。她能看穿這一點，想必直覺非常敏銳。

電車停靠在大崎站時，收到了一封郵件。

寄件人：遊戲製作人

信件主旨：這是同學會唷

參加遊戲的成員，你應該有印象吧？

他們都是《高中猜謎王冠軍》前四強的參賽成員唷。

很懷念吧，這是你們的同學會唷～

修平大人，你一定很奇怪為什麼只有自己的隊友換了人吧。

這麼做當然有我的理～由。

是為了讓大家條件統一，都是一男一女的隊～伍。

「給我這種隊友，根本是要我讓分吧？」千萬不要這樣說，拜～託。

她聽了會哭的唷～

修平大人，你是高中猜謎王冠軍的ＭＶＰ是吧？

如果不讓點分，遊戲怎麼會有趣呢？

請你換個新隊友，好好戰勝這場遊戲吧。

只有優勝者能繼續生存下去。

其他人只有死路一條。

加油！

郵件內容依舊是吃人夠夠，不過至少告知了更換隊友的理由。修平心裡在想什麼，都被遊戲製作人給看穿了。

「這封郵件真失禮，講得好像人家礙手礙腳一樣。」

千尋在一旁發著脾氣。

「喂，你不覺得很過分嗎？」

千尋想尋求支持，但修平卻假裝在思考而沒有回答。他不是個擅長說謊的人。

電車停靠在品川站，幾名乘客下車，又有幾名乘客上了車。雖然今天是星期六，不像平日早晨那麼壅塞，但乘客還是漸漸增多了起來，就在車門要關上時，有個穿著西裝的年輕男子飛奔進入車廂後，瞄了修平他們一眼。大概是對星期六早晨戴著同樣脖圍黏在一起的男女看不順眼吧，他露出了一臉不爽的表情。

電車發動，修平開始懷疑西裝男是否在監視他們，因而偷偷窺看他，男人從皮包裡拿出漫畫開始閱讀，看來應該與遊戲無關，不過有人在一旁監視的可能性還是很大。

「我們說不定被監視了，負責監視的人可能藏在某處。」

「不會吧？」千尋放聲回答，並大力回頭四處張望。

「喂，妳在做什麼？」

「還用說嗎？當然是在找負責監視的人啊。」

修平無奈地抱起了頭。她的行動實在太過輕率。參賽者想尋找負責監視的人，這點應該在遊戲製作人的計算之中，因此千尋的大動作應該不會造成任何問題。但是用這麼醒目的動作搜尋監視者？她的腦袋未免也太差了吧。

「我沒看到可疑的人。」千尋傻傻地說。

這是當然的，負責監視的人哪會這麼簡單被發現。

「真的有人在監視我們嗎？」

「恐怕是。」

「可是換車的時候，並沒有人追在我們身後。」

「是遊戲製作人指使我們搭上這班電車的，負責監視的人應該比我們早上車吧。更何況，這群人大費周章弄了這個遊戲，負責監視的人應該是受過前刑警或私立偵探訓練的專家，只是四處張望一下是找不出來的。」

「遊戲製作人不只一人？」千尋問道。

「不管怎麼想，這件事一個人是辦不到的。」

「說得也是。除了我們之外，另外還有三對男女被迫參賽，一個人不可能做到。」

「兇手應該是好幾人組成的團隊，而遊戲製作人則是他們的首領。這傢伙是個慎重計畫的人物。」

「可是，有必要監視我們嗎？用頸環炸彈和人質不就能讓我們言聽計從了？」

「也可以捨棄人質，只讓自己得救吧。」

「你是說真的嗎？」千尋瞪大了眼回問。

「我只是打個比方。為了不讓我們逃出遊戲，因此可能會有負責監視的人，這是我的想法。」

「有什麼理由讓他們耗費這麼多心力，逼我們搏命參加遊戲？」

「我才想問呢，或許是有錢人為了打發時間，或許是一群賭徒聚集，逼迫不知天高地厚的高中生搏命參加遊戲來插賭一把，也或許是單純享受看著我們受苦的樣子吧。」

修平還想到了幾個其他的理由，例如報復。或許在《高中猜謎王冠軍》預賽落選的隊伍中，有人特別具有強烈的報復心也不一定。

「我們只是遊戲中的棋子嗎？」

「正是如此。」修平說。

「該不會有攝影機在拍我們吧？」

「這也有可能，說不定有高性能的小型攝影機正在拍攝。」

「人質和炸彈會不會是假的？就像電視的整人節目那樣，到頭來一切都是騙人的。」

千尋或許真的希望如此吧。

「要真是這樣就好了。」修平冷淡回道。

除了不知道有沒有攝影機在拍攝之外，也有被竊聽的可能性，如果頸環裡裝有竊聽器的話，兩人的對話都被聽光了。

電車沿途停靠田町站、濱松町站，朝新橋站前進。此時新的郵件寄到了。

寄件人：遊戲製作人

信件主旨：問題C－1

賭上性命來挑戰吧。

要是答錯的話，人質的腦袋就會砰砰砰砰砰被子彈打～爆。

□問題C－1

下列選項中，哪個比較年輕？

①鰍魚　②鰤魚

請選擇其中一項回信給我～

時間限制：到電車抵達新橋站為止。

「這是需要賭命回答的問題嗎？」

修平心中感到失望，無法接受。犯人花這麼多心力設下圈套，但出題時卻像佛心來著一般，遊戲製作人明知修平是高中猜謎王冠軍，出這樣的問題未免也太簡單了。

其他隊伍也拿到同樣的問題嗎？修平心中雖感疑惑，但卻沒辦法加以確認。

「真傷腦筋。」隔壁的千尋煩惱地說著。

「哪裡傷腦筋？」

「要是答錯這題，光太郎說不定就會被殺。」

雖然郵件裡寫說答錯人質就會被殺，但遊戲製作人真的會殺人嗎？他是如此殘暴的人嗎？縱使現在流行戰鬥和格鬥遊戲，但殺人犯的數目並沒有因此增加，人們能夠分辨遊戲與現實的不同。就算郵件裡寫說遊戲或猜謎輸了就得死，但實際上也不見得就會被殺。

「哪個才是正確答案？」

沉默的修平使千尋感到不安，她出聲問道。

「妳不知道？」

「是啊，所以才傷腦筋啊。」千尋絲毫不覺丟臉地說。

「比較年輕的是鰍魚。鰤魚是成魚的名稱，幼魚的叫法則從小到大有所不同。在東京依序稱作若鰤、鰍魚、稚鰤、鰤魚。」

「一ㄡˋ ㄩˊ？」

千尋歪著頭。

「幼小的幼，魚類的魚，就是還沒長大的魚啦。」

「這樣啊。」

車內響起廣播，告知「即將抵達新橋站」。電車到站前，必須答出猜謎的答案。修平點擊了螢幕上的①之後，便自動回覆了。

電車停靠新橋站後，還沒收到遊戲製作人的回信。這題應該答對了，不必擔心才是，但想到「賭上性命來挑戰」這件事，便令人覺得不安。該不會是陷阱題吧？還是乍看之下單純，實際上卻要腦筋急轉彎，無法用常識解答的問題？修平重讀了一次出題文字，實在看不出陷阱在哪裡，是個再平凡不過的猜謎問題。只不過越等下去，心中越覺得不安。

車門關上，電車即將從新橋站發動時，郵件終於寄來了。

寄件人：遊戲製作人

信件主旨：問題C－1的結果

正確答案。

問題很簡單。人質平安無～事。

修平心中放下了一塊大石頭，這才只是第一個問題而已。面板變得怎麼樣了呢？修平點開面板ＡＰＰ來確認，但是並沒有任何變化。這遊戲的規則和猜謎25似乎不太一樣。

「我們答對了問題，卻沒辦法拿下這個。」

千尋指著頸環說。

「才答對一題而已，怎麼可能就此放過我們？」修平冷冷回道。她真的是光太郎的姊姊嗎？她和聰明的光太郎不同，腦子還真不靈光。

「那要答對幾題才行？」

「不曉得。總共有二十七個面板，或許有二十七題也不一定。」

「有多少個面板，就有多少個問題是吧。」

「就算答對問題，也不見得就能獲得解放。」

修平繃著臉說。郵件裡寫道「只有優勝者能繼續生存下去」，代表沒獲得優勝的人說不定會被殺死。修平並沒把這句話說出來。

電車停靠有樂町站後，收到了下一封郵件。

寄件人：遊戲製作人

信件主旨：問題C－2

賭上性命來挑戰吧。

要是答錯的話，人質的腦袋就會砰砰砰砰砰被子彈打～爆。

□問題C－2

以愛倫坡的小說《莫爾格街兇殺案》為始祖，解開犯罪或案件謎底的小說類型是？

①推理小說　②私小說

請選擇其中一項回信給我～

時間限制：到電車抵達東京車站為止。

「這題答案應該是推理小說吧？」

千尋半信半疑地問道，修平點了點頭。

問題雖然不難，但實在令人想不通。該不會文字中設了陷阱吧？修平再次重讀問題，找不出奇怪的地方。答案是①推理小說。明明應該是正確答案，心中卻總是不踏實。是不是什麼意外的變化球？還是有什麼耍詐的地方呢？

「不快點回答的話，就要抵達東京車站了。」

千尋在一旁說著，同時車內播放出「下一站，東京車站」的廣播通知。修平選擇了①，回了那封信。電車駛入東京車站月台，這次馬上就得到回信了。

寄件人：遊戲製作人

信件主旨：問題C-2的結果

正確答案，遊戲才剛剛開始而已唷。

人質目前平安無～事。

看來是想太多了。既不是腦筋急轉彎，也沒有陷阱，只是單純的猜謎問題罷了。可能遊戲才剛開始，難度特別低，問題應該會漸漸變難吧。修平操作著智慧型手機，打開面板APP，螢幕上顯示了如座位表一般的面板圖，依舊沒有任何變化。為何不從上面的A列和B列出題，而是從C列開始問起呢？還是說問題本身與這個面板無關？修平想破了頭，還是想不出答案。

遊戲製作人寄來下一封郵件時，電車已駛過了御徒町站。

寄件人：遊戲製作人
信件主旨：指令

從上野站下車後，請朝不忍剪票口前～進。
那裡放了一個黑色的行李箱。
請拿著它，搭上7：00發車的山手線外環電～車。
有一面黑底黃色∞符號的旗子做記～號。
附加規則。
一節車廂只能有一個隊伍進～入。禁止兩隊進入同一車廂。
萬一不遵守規則，稍後進入同一車廂的那隊，
ㄅㄠˋ ㄙˇ，火日廿水一弓心，BAKUSI，bakusi，麥士，幕史，博市，爆死，爆爆爆爆麥芽發芽，獏子愛死草，幕末被爆死，賭博被爆死，爆死，爆死，爆死。

「又要換車了呢。」

「……似乎是如此。」

修平用智慧型手機確認時間，六點五十七分。電車抵達上野站的時間是五十八分左右。走去不忍剪票口拿到行李箱，再走回山手線外環線月台，到底要花多少時間呢？兩分鐘之內來得及嗎？猜謎最多可以答錯三題，但指令只要失敗一次就算失去遊戲資格，根據郵件上所寫的，就掰掰了。萬一沒搭上七點發車的外環電車，就此無力回天，這條件或許比答對問題還要困難。

電車駛進了上野站的月台。

4 上野站（a.m.6:58）

修平和千尋手牽著手下了電車，這裡是上野站二號月台，坂上和麻衣子從前方的第十號車廂下來，後方則有葉月和辻從第八號車廂走出，佐佐岡和彩從第七號車廂下車，看來其他三隊人馬也接到來自遊戲製作人的相同指令。修平雖然覺得沒有和他們交談的必要，但還是很希望能趁現在交換情報，不過這樣的行為是被禁止的，要打破規則必須具備足夠的勇氣，畢竟一個不小心收到紅牌離場就有可能被爆死。此外，人質的安危令人擔心，連平常態度強硬的修平，現在也覺得乖乖聽從指令才是上策。樓梯在左手邊，他看了一下指引告示，上面寫著「公園入口．入谷入口」，而非指令中的「不忍剪票口」。修平不清楚上野站的地理位置，詢問站員應該是比較快的方法，但卻是違反規則的。

「不忍剪票口在這個方向喔。」

千尋拉著修平的手，打算朝著電車後方的御徒町方向前進。

「妳確定絕對沒錯？」

修平停下腳步，用強硬的口吻詢問。

「我以前曾經在阿美橫丁打工過，這附近我很熟。」

這話可信嗎？女生好像很多都是路痴……真的可以相信她嗎？萬一搞錯，沒搭上指定的電車就會失去資格，必須審慎行動才行。正當修平在煩惱時，一旁的葉月和辻、佐佐岡和彩已快步離去，不知不覺間，連坂上他們也不見了。

「你看被超前了啦。」

千尋鼓起雙頰抗議。

「他們走的方向不見得就是正確的。」修平說。

月台上的電子鐘顯示六點五十九分，必須快點決定才行。修平喚起了以前去上野動物園的記憶，跟動物園比起來，不忍池比較靠近御徒町的方向，這麼說來不忍剪票口應該是在後方，千尋說得沒錯。

「我們該怎麼辦？」千尋不耐煩地詢問。

「我相信妳。」

修平拉著千尋的手朝後方走去，看見一塊寫著「前往不忍入口通道」的指引告示板，通道前方的樓梯上則寫著「不忍剪票口」，修平他們已經落後其他三隊人馬了。

「我說得沒錯吧。」千尋得意地說。

「是啊，懷疑了妳，真對不起。」

萬一隊友鬧彆扭就麻煩了，修平誠實地道了歉。

「好吧，算了。」

修平和千尋衝下樓梯，不忍剪票口就在前方，修平看著坂上和麻衣子抓起黑色行李箱快步離去，葉月和辻、佐佐岡和彩也幾乎同時拿走了行李箱。

「真奇怪。」修平喃喃自語。

「怎麼了？」

「其他隊伍的人明明比我們早下樓梯這麼久，為何還留在這裡呢？」

不忍剪票口一旁，豎著黑底黃色∞符號的旗子，黑色的行李箱還剩下一個，長約五十公分，寬二十五公分，高七十公分，是個大型箱。

「幸好我們不是在玩大風吹。」

千尋說出這句話的瞬間，修平才大吃一驚，萬一這是大風吹的話，他們就會在此淘汰了。平常的修平總能敏感察覺這種危險性，今天他的直覺卻不靈了。原因是出在隊友身上，兩人一組參加遊戲或猜謎時，隊友的選擇至關重大。多虧了有溫厚的光太郎做隊友，才能在《高中猜謎王冠軍》拿到優勝，面對任性又自私的修平，光太郎不僅能溫柔提供協助，也具備彌補其不足的知識，是個非常和善的朋友。千尋則不是個恰當的隊友。修平不擅長與女性相處，他並不害怕女性，能和同年齡層的女生對談、說笑，雖然還沒有上過床，但約會的經驗是有的。不過，千尋和他的女生朋友們差很大，不僅不明白應對之道，也搞不懂她在想什麼，是令修平覺得頭痛的類型，既然她是光太郎的姊姊，就不能對她太壞，實在不知道該如何和她相處。最麻煩的是她的大胸部，只要兩人身體靠近，修平左腕的外側便會碰觸到她的胸部，那如棉花糖般的柔軟觸感，剝奪了他的集中力和思考力。

「再不快點行動，時間就要到了。」

不知千尋是否察覺了修平的苦悶，她緩緩說道。

「啊，說得也是。」

修平拿起僅存的行李箱，皺起了眉頭。

「怎麼了？」

「糟糕，這箱子好重。那些傢伙一定是在這裡比較過四個行李箱的重量，選擇較輕的拿走了吧。」

其他三隊人馬會在這裡停留這麼久，就是因為在比較重量的緣故。既然行李箱只剩一個，也只能拿了。

「快走吧。」

修平右手拿著行李箱，左手緊緊牽著千尋，朝著往品川行駛的山手線外環電車的方向拔腿就跑。行李箱底部的輪子可三百六十度旋轉，因此在平坦的地方移動並不辛苦，但一到階梯就麻煩了，修平提起沉重的行李箱，爬上階梯。車站擴音器傳來電車即將出發的警示音，週末山手線仍維持約五分鐘一班的發車間距，就算有乘客沒趕上車，由於下一班車馬上就來了，車門總會毫不留情地關上。

修平和千尋拚命爬上階梯，打算跑上月台，此時後方突然有人撞了修平一下，失去平衡的修平往前傾倒，如果就這麼跌下去的話，銬著手銬的千尋也會遭殃的，修平用右腳膝蓋在水泥地板上著地防止跌倒，瞬間感到劇烈的疼痛。

「搞什麼東西啊！」

抬起頭來怒吼的修平，看見了坂上恐懼的臉。

「對不起。」

坂上說完便牽起麻衣子，帶著行李箱跳上電車。

「那傢伙！」

千尋制止了想追上去的修平。

「先搭上電車再說吧。」

修平咬緊了嘴唇，拉著行李箱跑上月台。指令中有規定一節車廂只能搭乘一隊人馬，打破規則就會喪失資格，距離階梯最近的一號車廂裡坐著坂上和麻衣子，隔壁的二號車廂裡有葉月和辻，佐佐岡和彩則搭上了再隔壁的三號車廂。山手線電車用的都是E231系列的車廂，除去連結部分長度約有二十公尺左右，三節車廂加起來就有六十公尺以上，這麼長的距離一定要跑才來得及。

修平他們跑到了葉月和辻所在的車廂旁，提著沉重的行李箱，忍著右膝蓋傳來的陣陣疼痛，發車警示音停了下來，電車車門即將關閉，沒有時間了，還差一節車廂，必須再跑二十公尺，一定來不及的。就在此時，發生了不可思議的事，佐佐岡和彩從三號車廂後方的車門下了車，往四號車廂移動。

「那兩個人為什麼要這樣？」修平說出了他的疑問。

搭上四號車廂的彩，向修平看了一眼。

這麼一來他們就能搭上三號車廂了，佐佐岡和彩救了修平他們一命。

「我們上車吧。」

千尋的聲音讓修平恢復神志，衝上了可以搭乘的三號車廂，車門隨後關閉，他們在千鈞一髮之際得救了。在這麼短的時間裡，發生了兩件無法想像的事。晉級到《高中猜謎王冠軍》決賽，就讀埼玉大志高中的坂上打算妨礙他們，那絕對不是碰巧撞到，而是在電車上等到修平爬上來後，再悄悄從背後靠近，刻意想把他撞倒。運動神經不佳的坂上力氣很弱，修平膝蓋著地後還撐得住，但要是一個不小心跟千尋一起跌倒，撞擊的力道卻可能會使頸環炸彈爆炸，就算事態沒那麼嚴重，但只要沒遵守指令搭上指定電車，一樣會被爆死。那傢伙犯下了殺人未遂的勾當。

「我絕不原諒他。」

怒氣沖天的修平口中喃喃自語。

「你冷靜一下吧。」千尋勸他。

修平的右膝蓋依舊疼痛，雖然電視節目錄完後就沒再見面了，但他實在無法相信坂上會做出這種事。坂上是個膽小卻乖巧的人，所以才沒辦法在猜謎比賽上獲得優勝，光就知識而言坂上絕對不會輸，但是他不擅長面對壓力，在一對一的決勝戰上他臉色蒼白、全身顫抖，什麼都答不出來，因此修平這隊才能獲得優勝。後來聽說坂上沒有考上大學，或許是在猜謎節目上輸得一敗塗地，大學考試又落榜，扭曲了他的性格吧。另一件難以置信的事情是，當修平快要搭不上電車，萬念俱灰的時候，佐佐岡和彩卻換到了更前面的車廂，若非如此，修平他們就會因淘汰而死。那兩人究竟為什麼要幫助修平呢？

5 山手線・外環電車（a.m.7:00）

電車從上野站發車。

修平拖著沉重的行李箱，和千尋一起坐到了位子上，他的右膝蓋仍陣陣刺痛，捲起卡其褲管一看，傷口滲出了血。

「被陰了。」

千尋在一旁看著修平的傷口說。

「撞你的人是獲得《高中猜謎王冠軍》亞軍的男生吧？」

「是我們在決勝賽對戰過的坂上。」

「想把修平撞倒，害我們沒辦法搭上電車，真是卑鄙的男人。」

千尋那心不在焉的口氣，令修平感到不快。

「妳怎麼講得好像事不關己似的。」

「本來就不關我的事啊。」

「話是這麼說沒錯……可是我被撞飛的時候，為了不讓妳受到池魚之殃，才用膝蓋在水泥地上著地撐住身體，要是我沒多想，就這麼跌了下去，妳也會一起跌倒的。」

「謝謝……這樣說你就開心了嗎？」

「沒有，沒這回事。」

修平鼓起了雙頰，其實他很想聽她道謝，也以為她會說出口。

「你太咄咄逼人了，不把這種事情放在嘴上的人比較帥氣喔。」

「我說妳啊……」

修平雖想一吐不快，但看見她一臉正經的樣子就洩了氣。

「怎樣？」千尋問。

「沒事啦。」

「修平你啊，頭腦聰明，外表也不差，可是應該不太受女生歡迎吧？」

修平心頭覺得有中箭的感覺，但卻佯裝無事。

「幹嘛突然這樣問。」

「如何？」

「我頭腦和外表都很好啦。」修平顧左右而言他。

「那不重要啦，我的問題是，你到底受不受女生歡迎？」

修平理解她的問題，但因為不想回答，所以才故意轉開話題。

「喂，究竟如何？你很受女生歡迎嗎？」千尋固執地問。

女生特愛問的「為什麼？」「怎樣？」「究竟如何？」「什麼？」的問題出現了。

「稍微想一想不就知道答案了嗎？」平常修平一定會這樣回答，現在卻不知為何說不出口，吵架似乎也是要看對象的，雖然並非理不如人，但態度就是硬不起來。

「究竟受不受女生歡迎嘛？」

被逼問的修平，語焉不詳地說：「受歡迎的程度嘛……」

「我就知道。」

「我又還沒說完。」

「那你很受歡迎嗎？有被告白嗎？情人節收到多少巧克力？現在有女朋友嗎？」

「被告白嘛……是沒有過，也沒收到巧克力，因為我不喜歡吃甜食，這件事大家都知道。」

「愛逞強，那麼最關鍵的問題是……你有女朋友嗎？」

沒有談戀愛的高中生一點也不可恥，學生的本分是唸書，而不是談戀愛，因為努力認真唸書而沒時間交女友，也是理所當然的。只不過，如果說出自己「沒有女友」的事實，實在令人不甘心，這樣就代表自己輸了，修平很想隨便應付了事，但千尋卻一直等待他的回答。成年的女生還真煩人，修平覺得她彷彿用蛇獵殺青蛙般的眼神，一直看著自己。這樣下去會沒完沒了，沒辦法，他實在不喜歡說謊。

「我沒有女友，不過，那是因為別人不明白我的魅力，對同年齡的女生來說，我似乎太過成熟了。」

這藉口連修平自己聽起來都覺得勉強。

「不對。」

千尋迅速反駁了他。

「修平太愛講道理，這會讓女生覺得很煩，女生是情感的動物，而不是數學方程式，重點不在正不正確，而在於內心的感受。女生追求的理想男性，是態度誠摯、心胸寬大、溫柔體貼的人，修平你並不是沒有這樣的特質，真的，不能說完全沒有。」

修平實在不願相信，這世上竟會出現有理說不通的狀況，雖不願相信，但現實中卻真的存在，而且還佔了很大一部分的比例，現在的狀況就是這樣，雖然自己完全沒有錯，卻被千尋數落了一番。相較起來，修平的智力和判斷力都在千尋之上，人質和他們自己的命運，都掌握在修平的手上，然而，為什麼會陷入這樣的狀況呢？修平雖想回嘴，但卻被千尋的氣勢壓倒，說不出話來，要是反駁的話，就代表他確實愛講道理，證明了她並沒說錯，一語中的。一言以蔽之，修平的個性就是不愛服輸，不論男女，他總是想把對方駁倒，就算是和朋友聊天，只要對方用錯辭彙，他也會雞蛋裡挑骨頭似的糾正對方，這樣的他是不可能受女生歡迎的。修平雖然對此不以為意，但從來沒有人像千尋這樣當面指出他的問題，說不定在不知不覺之間，他也成了那位穿著新衣的國王。不過，高中生都是這樣的吧，要是自己的意見不被認可，與其訴諸暴力，不如用言論駁倒對方來得高明，這樣就不會有人受傷了。

「雖然你說不想害我也一起跌倒……」千尋說到一半，修平便打斷了她。

「不對，我是說為了不害妳跌倒，才用膝蓋在水泥地上著地撐住身體的。」

「就是這樣，女生就是討厭這點。」

「就算女生不喜歡我也無所謂。」修平的口氣尖銳了起來。

「明明就很在意，其實你很希望女生喜歡你吧？」

「才沒有！」

修平轉頭面向另一邊，想離開千尋卻沒有辦法，令他更加生氣。就在此時，他突然聞到了甜蜜的香氣，臉頰上有股輕柔濕潤的觸感。

「咦？」

說不出話來的修平，胯下感到微微刺痛。

「女人就是這樣。」

千尋在修平的臉頰上親了一下。

「妳，妳做什麼……」

「只不過是在臉頰上親一下，也不用這麼驚慌失措吧，真是個孩子。」

「我沒有驚慌失措，只是嚇了一跳罷了。我說妳啊……千尋小姐妳知道唾液有多恐怖嗎？像妳剛剛那樣用嘴唇接觸別人的肌膚就會沾上唾液，裡頭有各種細菌……」

「吵死了！開心的話就老實說嘛。」

「被親我一點也不開心。」修平無力地說。

呵呵呵……不知何處傳來竊笑的聲音，兩人閉上了嘴巴，原來是看見兩個年輕人忘我爭執的乘客，在一旁冷笑著。修平戰戰兢兢環顧車內，周圍的乘客都以好奇的目光看著他們。電車停靠在御徒町站。

修平的腦中一片空白，她那一吻太具衝擊力，令他忘了膝蓋的傷痛，明明只是雙唇碰觸臉頰而已啊……雖然修平裝作一副成熟的樣子，實際上還是不習慣和女生相處。電車開始朝秋葉原站移動。

「你膝蓋的傷還好嗎？」

千尋的一句話，將修平的思考帶回了現實，瞬間喚起了內心的憤怒。

「那傢伙，我絕不會放過他！」

「別太衝動，否則會無法做出冷靜的判斷，你現在缺乏平常心。」

修平想立刻衝去坂上所在的車廂，而千尋則對他提出了忠告，台詞被搶走的修平，擺出一副吃到苦瓜般的臭臉。雖然不甘心，但她說得一點也沒錯，此時必須保持冷靜，要是被怒氣沖昏頭跑去坂上所在的車廂，就會因違反規則而喪失資格，這樣說不定正中對方下懷，這是為了使修平失去平常心而將他激怒的戰略。只有優勝隊伍能在這場遊戲中生存下來，對其他隊伍而言，修平這隊是最棘手的敵人，他們並不知道千尋其實派不上用場。不過，在這場賭上性命的遊戲之中，要保持平常心本來就很困難了，真虧他能想出妨礙其他隊伍的這個點子，連平時狡猾的修平都必須卯足全力應對狀況，膽小的坂上竟能在這麼短的時間內想出陷害其他隊伍的策略，實在令人難以置信。

該不會他比修平這隊更早知道遊戲的規則了吧？

「試著動動看你的右腳。」

千尋對修平說。
「為什麼？」
「我想確定一下你有沒有骨折，把腿甩一甩。」
「我沒有骨折啦，骨折的話會更痛的。」
「只是以防萬一，要是修平走不動的話，我也會很困擾的。」
她說得沒錯，但他卻不想聽話，不知不覺之間，主導權似乎換到了她的手上。
「嗯，話是這麼說沒錯。」修平碎唸一下之後，開始動起了他的腳，雖然還有點疼痛，但並非十分劇烈。千尋伸出沒銬著手銬的左手，輕輕觸摸修平右腳的膝蓋和小腿。
「看來是沒有骨折。」
「我不就說了嘛。」
「有扭傷嗎？」
「我不是在逞強，我的腳沒事，雖然傷口疼痛，但並沒有什麼大礙。」
「可是，我們還得拿著這東西移動呢。」
千尋指著行李箱。
「說得也是。」

「看你提起來好像很重似的，裡頭到底裝了什麼？」

「打開來看看吧。」

「沒問題嗎？」千尋憂心忡忡地說。

「指令中並沒有寫到不能打開箱子，因此不算違反規則，要是不希望我們看的話，應該會上鎖的。」

「不會爆炸吧？」

「應該不會。」

修平緩緩拉開拉鍊，千尋靠近著看，當她的胸口進入修平的視線之中，他便慌慌張張將身體彈開，千尋也驚訝地向後退。

「裡頭放了什麼危險物品嗎？」

「不，並沒有。」

面對心神不寧的修平，千尋說：「別擔心，我不會再親你了。」

「我才不是在擔心這個。」

話才說完，修平便打開了行李箱，裡頭放的東西超乎他們的想像。

「這是什麼？」

行李箱裡放著巨大的信樂燒狸貓，就是那種會放在紀念品店或是鄉下餐廳前的東西，不過這狸貓也太重了吧。

「這是怎麼回事？」千尋問道。

「沒什麼意義吧，遊戲製作人只是想看我們搏命演出《驚險大挑戰》罷了。」

「《驚險大挑戰》？那是什麼？」

「是美國的一個熱門節目，每季規則有些許不同，但基本上是十一個兩人一組的隊伍，前往指定地點按照指令進行挑戰，過關之後搭乘汽車、電車或飛機前往下個指定地點，就這樣重複著前往指定地點、通過關卡的任務，環繞世界一週進行比賽。每個關卡都會刷掉最後一名的隊伍，最後剩下三隊人馬挑戰決賽，優勝隊伍可以獲得一百萬美元的獎金。」

「那個比賽需要賭上性命嗎？」

「畢竟是電視節目，參賽者多少會被逼著做些誇張的事，但沒有日本綜藝節目那麼誇張，而且就算被淘汰也沒有處罰，狀況和我們大不相同，況且我們就算贏了這場比賽，也得不到獎金。」

「相似的部分，是我們也被逼著進行愚蠢的比賽嗎？」

「還有那面旗子。」

「那面畫著無限大記號的旗子？」

「《驚險大挑戰》的指定地點，也會放一面旗子做記號。」

該不會是某人為了報《高中猜謎王冠軍》的一箭之仇，而舉辦改變了規則的《驚險大挑戰》吧，如此一來，人質和頸環炸彈就只是虛張聲勢罷了。不過，還不能安心得太早，要是判斷錯誤的話可是會要命的，況且一場復仇挑戰搞得如此大費周章，實在令人想不通。

「啊，我想起來了。」

修平脫口而出。

「什麼？」

「約一個月前，有個奇怪的邀約找上了我，當時我正要從學校回家，某位自稱是電視製作人的男人埋伏在路上等我，說是要舉辦《高中猜謎王冠軍》同學會的企畫。我雖然獲得了優勝，但因為對節目有所不滿，因此拒絕了他的邀請。原來那個男的並不是電視台的製作人。」

「這件事哪裡奇怪了？」

「在路上埋伏就很奇怪了吧？此外，同學會企畫的錄影日期就是昨天，其他三隊人馬應該是接受了他的邀請吧。昨天那六人參加完畢業典禮，到指定地點集合之後，便被遊戲製作人和他的同夥抓了起來，並戴上頸環炸彈放上了電車。」

「這樣一來的確能輕易綁架那六人。」

「他們應該是在那時聽了遊戲的說明吧。」

「這樣豈不是很不公平嗎？」

千尋忿忿地說，修平第一次和她意見相同。

「我也這麼認為，但是，這世上並非所有事情都是公平的。要是遊戲製作人在我們面前的話一定會這麼說：都是你拒絕邀請……」

坂上等人比修平他們提早知道自己被迫賭命參加遊戲，因而先擬定了戰略。修平的隊伍是最棘手的敵人，就算無法在猜謎對決上取得勝利，也能輕易使對方失去資格，只要不讓他們搭上指定的電車就行了。沒有膽量的坂上，發動奇襲妨礙修平，但是因為運動神經不好，沒能造成致命傷。

宇都宮光榮學園的佐佐岡和彩這隊之所以會往另一節車廂移動，幫助修平他們，很可能是猜到了坂上隊的暴行。修平和彩雖然在猜謎節目之外沒見過面，但卻感覺到了她關注的目光。

她一定是喜歡我，所以才出手相救。

「不對。」千尋說。

「咦？」

「你一定在想，她是因為喜歡你才救你的，是吧？」
她果然知道如何看穿人心，一定是這樣沒錯。
「才沒有這回事。」雖然修平這麼說，聲音卻微微顫抖。
「騙人，我沒說錯吧，都寫在你的臉上了。那個女生移往別的車廂，並不是為了這個原因。」
「那麼，是為了什麼？」
「理由我也不清楚。」
「所以她還是有可能喜歡我嘛。」
「不可能，我在她的眼神中看見的不是好意，而是因為無可奈何，所以才出手相救，也就是在可憐你啦。」
「是出於同情嗎？」
「就像眼前有人溺水時出手相救那樣。」修平雖然覺得不滿，但並沒有繼續追問，因為就算問了也只是自找麻煩。
過了好一陣子都沒有事情發生，直到電車停靠目黑站時，才有郵件寄到。

寄件人：遊戲製作人
信件主旨：問題C-3

賭上性命來挑戰吧。
要是答錯的話，人質的腦袋就會砰砰砰砰砰被子彈打~爆。
口問題C-3
大阪出身的樂團「射亂Q」的團長是誰？
①畠山　②淳君↑
請選擇其中一項回信給我~
時間限制：到電車抵達惠比壽站為止。

糟糕，修平對演藝圈的資訊並不清楚，此外，射亂Q是在修平上一代活躍的樂團，對他們完全不熟，關於這個樂團他唯一知道的資訊，只有主唱淳君↑是早安少女組的製作人而已。

「妳知道嗎？」

修平第一次向千尋求助，內心祈禱她是個熟知演藝圈資訊的人。

「你不知道嗎？」千尋反問。

「我對這種事沒有興趣。」

「我也不清楚。」千尋回答。

到底該怎麼辦呢？就算亂猜也只是二選一，猜中的機率有百分之五十，但是萬一答錯，朋友就會被殺，恐怖的情緒急速攀升，背上一下子就流滿了汗水。不能回答不知道的答案，越想越焦急，腦袋就越加空白，這種時候只能靠推理了。

「用智慧型手機查查看不就好了？」千尋說。

這也是有可能的，但若手機連上網路，任人搜尋，猜謎就失去了意義。

「既然不知道答案，就只能試試看了，我來查。」

車內播放廣播通知「下一站，惠比壽」，沒有時間了。修平點了一下網路的圖示，沒有反應，再點一次圖示，還是一樣，手機無法連上網。快沒時間了，究竟是進入惠比壽站就算時間到，還是要等電車停好，或是能夠寬限到車門打開為止？修平急忙打開收件匣中的郵件，電車已經駛入惠比壽站月台，與其超過時限而出局，不如將命運託付上蒼隨便猜個答案，至少有百分之五十的機率會猜中。①畠山，②淳君♂，必須擇一作答，沒有時間了，修平選擇②淳君♂回信，電車停了下來，門打開了。

「是畠山，我現在才想起來，射亂Q的團長是畠山。」

修平臉色一片慘白。

「真的嗎？」

修平問道，千尋輕輕點頭。

「沒錯，射亂Q的團長是畠山。」

「已經太遲了。」

「結果會怎樣？」

就算這麼問，修平也無法回答，如果遊戲製作人是認真的，任何一個人都有機會被殺，可能是好友光太郎，總是十分開朗的仁志，或是無比熱愛電影的大河，三人都是他無可替代的好友。真的會淪落到最糟糕的狀況嗎？遊戲製作人真的會殺人嗎？

電車車門開啟，對遊戲毫不知情的乘客下了車，修平和千尋屏住氣息，等待郵件寄來。車門關閉，電車發動，還是沒收到郵件，時間感覺格外長久。人質不會被殺的，一定只是虛張聲勢，這是一場遊戲，一切都是假的。

電車經過澀谷站，停靠在下一站原宿站時，手機傳出了來電鈴聲，修平立刻開啟郵件。

寄件人：遊戲製作人
信件主旨：問題C-3的結果

很遺憾，有一個人質要死～了。
答案錯誤。

郵件中附加了一個檔案，開啟之後螢幕播放出一段影像。

那是光太郎他們被監禁的房間。

修平和千尋不願想像接下來即將發生的事，但是依舊發生了。

嘴巴被堵住，身體被綁在椅子上動彈不得的中村仁志，背後站著那個蒙面男，手裡握著手槍。男人將槍口對著仁志的後腦，感覺到危險的仁志搖晃著身體想逃跑，但卻因為被綁著而無法移動。蒙面男緩緩扣下扳機。

砰！

發出聲響後，蒙面男身上濺了血。

影像就在這裡結束。

修平看完之後覺得噁心想吐，好不容易忍了下來，他往隔壁一看，千尋閉起了眼睛。

「可以張開眼睛了。」修平靜靜地說。

「有人被殺嗎？」千尋問道。

「光憑這段影像，我是不會信的。」

修平這麼說並不是在逞強，影像有很多種加工的方法，只要具備一定的知識，便能輕易製作出剛剛那段影片。

「信不信由你，這就是現實，世界上不在乎他人生命的人多如牛毛，遊戲製作人就是這種人，他們就像在玩遊戲一樣，可以毫不遲疑地殺人。」

千尋歇斯底里說著。

「我不相信。」修平堅稱。

「對方是認真的，我們也有可能被殺。喂，沒有辦法救救我們嗎？」

要是有辦法的話早就做了，就是想不到辦法才會在此苦惱，但是對現在的千尋而言，不論說什麼她都聽不進去吧。

「修平，你不是頭腦很好嗎，快想個讓我們得救的辦法吧。」

不可能，現在的狀況下什麼都辦不到。

「你有在聽嗎？」

修平靜靜忍耐著不回答，打算等到她冷靜下來為止，但是這樣的態度卻更加激怒了千尋。

「你又不理我了，只要問到不想聽的問題你就假裝沒聽到，真是卑鄙的男人，低級，爛透了！」

這超越了修平忍耐的界限，他本來就不是個善於忍耐的人。

「我不是不理妳，而是在思考，別在旁邊一直碎唸！」

「講得好像自己很了不起似的，我的性命可是危在旦夕，當然有權利碎唸。」

「我也一樣啊！」

修平大聲一吼，乘客的眼光便朝他投來，其中還有些乘客苦笑著，他們大概以為是年輕情侶在打情罵俏吧。修平輕輕咳了一聲，降低音量說話。

「光太郎是我無可取代的摯友，另外可能已經被殺的中村仁志，以及被當作人質的石橋大河都是我的朋友，面對現在的狀況，我比妳還要更嚴肅。」

「叫我千尋好了，一直妳妳妳地叫著聽起來怪不自在的。」

「那麼我就稱呼妳為千尋小姐吧，畢竟妳年紀比我大。」

「『畢竟』這兩個字是多餘的。」

千尋冷冷說完，對話便戛然而止，轉為沉重的靜默。

「我給人的印象很不好嗎？」修平換個話題問道。

「在猜謎節目上的修平，看起來像是個為求勝利不擇手段，沒血沒淚的人。」

「有這麼糟糕？」

「面對在預賽落敗的隊伍，你卻故意說些『連這種問題也不會』、『真擔心你大學考不上』之類刺傷對手的話，所以讓人感覺印象很差。」

這是電視台的陰謀，是訊息操作之下的結果。播放《高中猜謎王冠軍》的ＴＹ文化頻道是關東地區的地方電視台，如果只是製作一般高中生參加的猜謎節目，收視率肯定贏不過全國性的電視頻道。然而，由於製作費用不高，既無法邀請知名來賓，也無法製作大手筆的機關，想要不花錢，又希望引發話題，就只能為節目上的高中生塑造出有趣的個性了。因此，節目工作人員為了點燃高中生之間的敵對心理，便在錄影前故意造謠生事。

他們對外縣市高中的學生說：「優實高中的學生笑你們講話鄉音很重。」對修平他們說：「海斗高中的學生說你們東京人很土。」以及：「大志高中的學生到處跟人家說你們是同志，是真的嗎？」刻意在錄影前製造敵對的氣氛。此外，主持人更是火上加油，對答錯的學生說出種種惡毒的話語：「連這種程度的問題都不會嗎？」「這次比賽的水準很低。」「你們腦子裡到底有沒有裝東西啊？」「茨城縣鄉音太重了，聽不太懂你們說什麼。」「你們明明是神奈川縣代表卻這麼土。」「埼玉縣根本沒靠海。」「千葉縣人都是混混。」猜謎進行到後半，高中生們便成功被電視台誘導，開始互相口出惡言。「埼玉大志高中連這種國中生等級的題目也答不出來，他們到底有沒有想認真考大學啊？優實高中的朝倉同學，你怎麼想？」

被主持人詢問意見的修平，開玩笑地答道：「不如放棄考大學吧。」

然而節目播出時，製作單位卻故意剪掉了主持人的部分，在大志高中答錯問題之後將修平的發言剪接進來，彷彿是他直接跟對方說：「不如放棄考大學吧」似的。

此外，修平和主持人閒聊的段落也被剪接過了。

「真是差勁」、「噁心」、「白痴啊」、「回鄉下去吧」、「給我滾」、「簡直不是對手」、「不夠格當本大爺的敵人」。這些話在節目播出時，都變成修平自己在說其他參賽者的壞話了。

「這一切都是電視台的陰謀。」

修平試圖解釋，但千尋卻不以為意。

「就算是主持人故意誘導，會被他激出這些話，表示修平你太膚淺了，而且你內心裡一定多少也有這樣的想法，才會說出這些壞話的吧。」

自己的心思彷彿被千尋看穿，修平覺得很不舒服。電車接連停靠代代木站和新宿站後，朝新大久保站的方向行駛。

「下一站下車。」修平說。

「你剛剛說了什麼？」千尋懷疑自己聽錯了。

「我們要下車。」

「有接到這樣的指示嗎？」

「沒有。」

「沒有？那為什麼要下車？」

「我想測試看看，抱歉，只好請妳陪我了。」

「不要，我還不想死。」

「別擔心，不會馬上死掉的。」

電車駛入新大久保站月台，修平想站起來，但千尋卻不為所動。

「拜託妳相信我，絕對不會有危險的。」

雖然修平向千尋請求，千尋依然沒有動靜。要是打破遊戲製作人訂下的規則，頸環炸彈就會引爆，身首異處，沒有人會希望就這樣死去。

「如果我硬是要將千尋小姐妳拖下車的話，妳覺得會發生什麼事？」

「什麼事？」

「一對年輕男女銬著手銬在車內爭執，肯定會有人通知站務員，把我們抓去問話的，一個不小心就有可能鬧上警局，要是事情演變成這樣，就真的掰掰了。」
千尋思考了一下後提出質疑：「真的不會有危險嗎？」
「別擔心，說不定這樣根本就不算打破遊戲規則。」
「我相信你，萬一我就這樣死了，絕對不會原諒修平你的。」
「好啊，要是這樣的話我恐怕也死了，變成鬼再好好聽妳說教吧。」
電車打開車門，修平和千尋手牽著手下到月台上。
「接下來該怎麼辦？要衝下樓梯去找警察求救嗎？」
「也行，但這麼一來人質會有危險，我們先稍微走走吧。」
修平拉起千尋的手，在月台上閒晃散步。
「要逃不是應該快點逃嗎？」
「我沒有要逃，先暫時維持現在的狀態一下。」
他們在月台上閒晃時，智慧型手機傳出了收到訊息的聲響。
「果然。」
修平拿起手機一看，收到了一封郵件。

寄件人：遊戲製作人

信件主旨：回到電車上

為了你們的安全著想，快點回到電車上。

郵件中只寫了一行文字，突然，修平他們身邊附近傳來喀鏘喀鏘喀鏘……的機械聲響，究竟是從哪裡傳來的呢？兩人周遭沒有別人，車站月台上也不可能發出這樣的聲音。

「這是什麼聲音？好像是從我們的身體裡傳出來的。」千尋的一句話，讓修平靈光一閃。

「讓我看看妳的頸環。」

「好吧。」

千尋將脖圍拉下，露出頸環。

「果然沒錯。」

頸環上計時器的倒數時間正以極快的速度流逝，原本剩下三小時二十分左右的時間，一下就剩不到三小時了。

「喂，究竟怎麼了？」

「計時器的倒數時間跑得超快。」

修平也拉下自己的脖圍，露出頸環給千尋看。

「糟糕！我們該怎麼辦？」

「回到電車上吧。」

修平拉著千尋的手，急忙返回電車，但計時器上的時間仍飛快倒數著。

「速度慢不下來了啦。」千尋的聲音近似悲鳴。

「別擔心。」

計時器持續急速倒數，剩下兩小時二十六分時，終於恢復到原本的倒數速度。

「你不是說不會有危險的嗎？」千尋抱怨。

「的確沒發生危險啊。」

「明明就有，剩餘的時間不是變少了嗎？」

「可是我們還活著，而且，這證明了有人在監視我們。」

「證明這件事有什麼意義？」

「我玩電玩遊戲時喜歡去找其中的漏洞，例如故意對著牆壁走，想知道牆上有沒有空隙。既然我們現在也在遊戲之中，我就想試試看，玩家如果在奇怪的地方故意做了不該做的事會怎麼樣。」

「笨蛋，你害我們剩餘時間變少了，再這樣下去搞不好連小命都不保。」

她說得對，一點也沒錯，這麼一來要是遊戲進入持久戰就對修平這隊不利，冷靜想想這實在是沒有意義的行動，但修平還是想做點什麼，做為一種反抗。就這樣讓遊戲製作人為所欲為下去，是修平的自尊所不允許的。

「接下來的事，等發生之後再想吧。」

「真是反覆無常，你就是這樣才會不受女孩子歡迎。」

修平無法把這句話當作耳邊風，反覆無常等於不受女孩子歡迎，這根本無法獲得證明，電視劇中就常常出現反覆無常又自私的男性角色，照樣受到女孩子的青睞。不過，現在並不是說這些話的時候，雖然心不甘情不願，但修平並沒有加以反駁。

電車抵達高田馬場站時，收到了一封郵件。

寄件人：遊戲製作人

信件主旨：問題EF-4

賭上性命來挑戰吧。

要是答錯的話，人質的腦袋就會砰砰砰砰砰被子彈打～爆。

□問題EF－4

下列何者是漫畫家安達充老師的代表作？

①鄰家女孩　②金肉人

請選擇其中一項回信給我～

時間限制：到電車抵達目白站為止。

修平雖然喜歡漫畫，但這兩部漫畫都很老了，沒有讀過，即便如此，由於這是個常識問題，他當然知道答案。修平選擇了①鄰家女孩，幾乎沒等多久答案就寄來了。

寄件人：遊戲製作人

信件主旨：問題EF－4的結果

正確答案。

剩下兩個人質都還活～著，不過，有一人已經死～了。

有一人已經死了，仁志被殺了，不，還不能確定，修平並不相信那段影像。話說回來，到底全部總共有多少個問題呢？為什麼不從A－1問起，卻從C－1開始出題呢？難道A列和B列不是題目嗎？如果是類似猜謎25的規則，就應該從面板中央的D－3開始出題，是不是因為四周角落至關重大，所以才不從A列開始出題呢？至於不從B列開始出題，會不會因為這一列是拿下角落的關鍵呢？C－3的下一題不是C－4而是EF－4，這又是為什麼？在不清楚規則的情況下，無法思考因應的對策，現在也只能努力答出正確答案了。四個問題問完，目前答錯一題，而且是修平不擅長的演藝圈問題，對某些人來說可能並不困難吧，實在是運氣不好，雖然修平和千尋都不知道答案，但問題的難度絕對不高，接下來可能會越來越難，不能允許自己再答錯了，一定要選出完美的答案。仁志究竟有沒有被殺還不清楚，但只要持續答對問題，對方就沒話說了吧。

「手機為什麼沒連上網路呢？」隔壁的千尋說。

「可能系統被改造過了吧。」

修平試著點擊智慧型手機螢幕上的幾個圖示，尋找可以使用的功能，幾乎所有機能都無法啟動，能用的只有電子計算機而已。

「電話和郵件都無法使用嗎？」

「就算能用，只要對外呼救就會違反規則被爆死，我們就再陪遊戲製作人玩玩吧。」

「你果然很樂在其中。」

千尋抬起眉頭表示不滿，修平這番話雖然是因為逞強脫口而出，但她卻當真了。不過，這樣也好，如果她以為自己樂於參加這個不合理的死亡遊戲，事情反而好辦，從這種不怕死的男人嘴裡說出的命令，她應該會乖乖聽進去吧。

「你就是這種態度讓人喜歡不起來，除了修平你之外，其他人都是被迫參加這個遊戲的。」

千尋大表不滿後，正當修平想找話逗她開心時，又有新的郵件寄到了。

寄件人：遊戲製作人

信件主旨：指令

從池袋站下車後，請朝大都會飯店剪票口前～進。

請在那裡將行李箱裡的東西換成池袋貓頭鷹布～偶。

更換的動作由女生來進行唷。

男生不可以幫忙。

將池袋貓頭鷹放進箱中後，請用放在那裡的鎖頭將行李箱鎖起～來。

然後呢，要搭上七點四十八分發車的山手線內環電車唷～

那裡有一面黑底黃色∞符號的旗子做記～號。

一節車廂只能搭乘一個隊伍，禁止和隊友以外的人說話，或取得聯絡。

萬一不遵守指令，打破規則的話，

ㄅㄠˋ ㄙˇ，火日廿水一弓心，BAKUSI，bakusi，麥士，幕史，博市，爆死，爆爆爆爆麥芽發芽，猴子愛吃草，幕末被爆死，賭博被爆死，爆死，爆死，爆死。

6 池袋站（a.m.7:45）

山手線外環電車停靠在七號月台，門一打開，修平和千尋就下了月台。指定的大都會飯店剪票口在電車的後方，到池袋玩過好幾次的修平非常清楚，他拉著行李箱朝階梯前進。雖然行李箱底部有附輪子，在平坦的地方移動並不費力，但要去大都會飯店剪票口的話就必須爬上樓梯。

修平看了一下月台上的時鐘，七點四十五分，距離換車的四十八分還有三分鐘的時間，從月台到剪票口距離並不遠，只要能順利交換內容物，時間就來得及。修平四處張望警戒，擔心再被其他隊伍陷害，雖然在上野站時不小心中了招，但同樣的錯誤不會再犯。修平的腳受了傷，無法跑上階梯，加上行李箱很重，其他隊伍便超前修平和千尋而去。

「箱子要不要由我來搬？」

被手銬銬在一起的千尋問道。

「不用了，沒關係。」

修平平日沒有鍛鍊身體，但力氣還是比她大，階梯才十幾階而已，他一個人拿得動。修平和千尋爬上了階梯，看見大都會飯店剪票口前放了三個巨大的池袋貓頭鷹布偶和三個鎖頭，坂上隊似乎已經將內容物替換完畢，只見他們朝山手線內環月台跑去；葉月和辻這隊，則正由葉月將行李箱中的博多人偶拿出，換成池袋貓頭鷹布偶；佐佐岡和彩這隊也差不多，彩正在替換行李箱的內容物，鎖上鎖頭。每個池袋貓頭鷹布偶看起來都一樣，重量不知道是否也相同呢？

「只能由我來更換內容物，是吧？」

千尋從行李箱中拿出了巨大的信樂燒狸貓像，其他隊伍已經拉著行李箱速速離開，只留下修平和千尋兩人。

路過的行人對他們正在從事的行為感到好奇，紛紛將視線投向修平他們。
布偶似乎意外的重，千尋辛苦地將它放進箱中。
修平只能在一旁守候，好不容易，千尋將池袋貓頭鷹放入了行李箱，鎖上鎖頭。
「任務達成。」
「好的，我們走吧。」
修平右手拉著箱子，左手抓著千尋的手，朝山手線內環電車月台前進，下階梯後發現電車已經到了，最近的車廂中坐著坂上隊，下節車廂坐著葉月和辻，然而，再下一節車廂卻是空的，難道佐佐岡和彩已經坐到前面的車廂去了嗎？
「感覺有點奇怪。」千尋警戒了起來。
「不會啊，什麼也沒有。」
修平和千尋上了電車。
「被監視的感覺比之前更加強烈，有一道視線一直往我身上刺來。」
女性對視線比較敏感，或許是換了一個負責監視的人吧，修平也覺得周圍的氣氛變了。電車關上了門。
「咦？那兩人？」千尋看著對面月台說。
「怎麼了？」

「你快看隔壁月台！」

千尋說完，修平朝埼京線開往大宮方向列車的四號月台看去。

「怎麼回事？」他大聲地說。

佐佐岡拓馬和西山彩在那裡，他們搞錯月台了。

電車發動，佐佐岡和彩的身影消失在眼前。

「為什麼？」

宇都宮光榮學園的西山彩茫然地站在埼京線月台上，難道是自己搞錯月台了嗎？遊戲製作人的指令確實寫著要他們換乘埼京線往大宮方向的列車啊，為什麼其他三隊都搭上了山手線呢？該不會只有這一隊接到了不同的指令？

「佐佐岡同學……」彩叫了隊友佐佐岡一聲。

「真奇怪，信中明明寫著換乘前往大宮的列車啊。」佐佐岡說。

他們想用智慧型手機再次確認，卻打不開郵件，可能是故障了。

「都是我不好……」彩喃喃自語。

「沒這回事，我也同意要來這裡的。」

佐佐岡是個好人，彩則是利用了他善良的心。當初參加《高中猜謎王冠軍》是彩邀請他去的，她想為充滿考試壓力的高中生活中製造一些回憶，聽說電視猜謎節目只要半天就可以錄完了，於是便和佐佐岡兩人一同參加。他們只晉級到前四強，但對彩而言並沒有留下什麼不好的回憶，雖然主持人毒舌又惱人，不過電視節目就是這樣嘛，重要的是，發生了一件更棒的事。

她遇見了他。

那是彩的初戀，他頭腦又好，又溫柔，簡直就像王子一般。

他就是內川光太郎大人。

聽聞《高中猜謎王冠軍》要舉辦同學會，彩便說服了不想參加的佐佐岡，一同抵達了集合地點。她一心只想見到光太郎，沒想到會被捲入這樣的事件之中。

「一切都是我不好。」彩說。

「我們還沒有輸，先搭上往大宮的電車吧。」

佐佐岡喜歡彩，就算知道她喜歡別人，依舊對她如此溫柔。輸了這場遊戲，真的會被殺死嗎？

在上野站時，彩這一隊移動到另一車廂幫助修平隊，也是因為修平是光太郎的隊友，如果修平能順利從這場遊戲中生還，一定會對光太郎這麼說：

「宇都宮光榮學園的西山彩救了我，她是個善良的人。」

只要這樣就夠了……

埼京線的電車，駛入了彩和佐佐岡的面前。

7 山手線・內環電車（a.m.7:48）

修平和千尋乘坐的電車正朝目白站行駛中，修平的右膝蓋痛了起來。

「會痛嗎？」

看見修平皺起了眉頭，千尋出聲詢問。

「剛剛跑下階梯時稍微有點痛，但是不要緊，更重要的事，我很擔心佐佐岡他們。」

「那兩人會有什麼下場？」

站在千尋的立場而言，宇都宮光榮學園的佐佐岡和彩是連話都沒講過、完全不認識的人，不過，或許是因為被迫參加同一個遊戲的同理心吧，千尋擺出了一副擔心的表情。

佐佐岡和彩究竟是怎麼了呢？他們比修平這隊更早抵達大都會飯店剪票口，也早早更換好內容物，朝山手線月台前進了，居然會搞錯月台……那兩人竟會犯下這種粗心之過……不過，他們終究是跑錯地方了，當修平隊跑下階梯，沒看見佐佐岡和彩在月台上時，以為他們已經先上了車，其實並非如此。雖然不能排除被其他人陷害的可能性，但恐怕是單純弄錯了吧，在《高中猜謎王冠軍》節目中，他們也因為承受不了壓力而答錯了簡單的問題。

「他們會被爆死嗎？」千尋問道。

「不曉得……」

電車抵達目白站之前遊戲製作人便寄來了郵件，修平立刻將它點開。

寄件人：遊戲製作人

信件主旨：出現淘汰隊伍了唷~

眾所期盼，遊戲才剛 GAN 開始，就已經出現被淘汰的隊伍了唷~

宇都宮光榮學園的佐佐岡拓馬和西山彩，沒能搭上指定的電車~

他們初菊，不對，齣橘，不對不對，出局了。

恨就恨自己失誤吧，別恨別人。

按照規則，請他們兩人去死~吧。

ㄅㄠˋ ㄙˇ，火日廿水一弓心，BAKUSI，bakusi，麥士，幕史，博市，爆死，爆爆爆爆麥芽發芽，猣子愛吃草，幕末被爆死，賭博被爆死，爆死，爆死，爆死。

他們兩個已經被殺了嗎？遊戲製作人真是個會在池袋站引爆頸環炸彈的異常人物嗎？他真的會做出這種瘋狂行徑嗎？

接下來，遊戲製作人並沒有報告佐佐岡和彩的下場，修平雖然擔心兩人，但現在只能把自己該做的事做好了。

電車相繼停靠高田馬場站、新大久保站，朝新宿站前進時，收到了遊戲製作人傳來的郵件。

寄件人：遊戲製作人

信件主旨：問題D－1

賭上性命來挑戰吧。

要是答錯的話，人質的腦袋就會砰砰砰砰砰被子彈打～爆。

□問題D－1

下列何者為代表夏天的季語？

①垂簾　②筆頭菜

請選擇其中一項回信給我～

時間限制：到電車抵達代代木站為止。

看了猜謎的問題，修平心中浮現了更多疑問，繼問題C-1、C-2、C-3之後，出現了EF-4，然後是D-1，這出題的順序究竟有什麼意義呢？不從A列、B列、C-4、C-5出題嗎？另外，他也不明白為何問題的難度會這麼低。

「夏天的季語不就是垂簾嗎？」

面對沉默的修平，千尋得意洋洋地說。

「我知道，筆頭菜是春天的季語。」

「那你還不趕快回答。」

「這個問題怪怪的。」

「哪裡怪？怪在哪裡？」

「這題實在太簡單了，最初的一、二題有可能故意放水，但現在已經來到了第五題，即便如此，問題的難度還是這麼低。」

「你該不會是在炫耀吧。」
「炫耀？什麼意思？」
「對我而言每題都很困難，雖然還沒難到需要賠上性命，但已經夠難了，而你卻都答得出來，這不就是在炫耀嗎？」
「沒這回事，這種程度的問題，一般人也能……」
「果然如此。」千尋打斷他的發言。
「怎樣？」
「你其實是想說，自己跟一般人不同，是天賦異稟的聰明人，對吧？」
「才不是！」
「嘴巴說問題很簡單，但你已經答錯一題了。」
千尋踩到了修平的痛處，雖然她說的話不無道理，但修平還是對猜謎的題目感到不解，既不曉得是誰出的問題，題目的範圍和難易度也毫無章法，二選一的題型也十分令人納悶，既然是選擇題，至少應該要有四個選項吧。車內傳來廣播，告知電車即將抵達代代木站。
「沒時間了，快點回答吧。」
「沒辦法了。」

修平心不甘情不願地選擇了①垂簾。

電車停靠在代代木站。

「以前不是有個節目叫《猜謎搶答王》嗎？」

「不是以前而已，現在也還有。搶答王雖然換了節目名稱，但每年仍會以特別節目的形式播放幾次。」

修平故意在千尋的話中雞蛋裡挑骨頭。

「隨便啦，囉唆死了，我想說的是……」

「我們被迫參加的遊戲就像《猜謎搶答王》一樣，是在有限的時間裡，回答猜謎的問題，妳想說的是這個嗎？有些問題雖然簡單，只要花時間仔細思考就能得出答案，但在時間限制的壓力之下卻有可能答不出來，這就是此類猜謎的特性。」

修平先發制人，並加上一句：「我早就知道了啦。」雖然他有想過自己說得這麼過分會惹人厭惡，但還是說出口了。千尋被他氣得面紅耳赤。

「真是的，有夠難相處，修平你知道溝通是什麼意思嗎？」

「當然，需要向妳說明嗎？」

「我不是問你這句話的意思，我是要說，我們並沒有好好互相溝通，修平你就算再怎麼遲鈍，也應該感覺得出來吧！」

千尋開始口不擇言了起來。

「說得也是。」

修平沒有反駁，但心中的話還是不吐不快，沉默會累積壓力，而壓力是很可怕的，既是病痛的來源，對心理健康也有不良影響。

「溝通的事先放一邊，我們被捲入的並不是類似《猜謎搶答王》的遊戲，兩者完全不同。」

「是嗎？我對那節目並不清楚，但我覺得滿像的，山手線是圓的，而搶答王的答題人不也是坐在巨大圓形的馬錶中回答嗎？」

「如果山手線代表那個圓形，我們就應該在其中的中心，實際的位置應該在中央線的四谷站或飯田橋站附近。」

「又來了，真愛狡辯。」

才不是呢，修平把這句話吞了下去，繼續說道。

「如果我是遊戲製作人，要模仿搶答王製作遊戲的話，我就會在山手線的每站中間都各提一問，總共二十九題，這樣才像猜謎嘛。」

「山手線遊戲的猜謎版？」

「是搶答王的山手線版啦！」

老是被問一些莫名其妙的問題，修平的腦子都亂成一團了。

「要想二十九個問題，對方覺得太麻煩了吧。」

「絕對不可能！」修平吼說。

遊戲製作人寄郵件來了。

寄件人：遊戲製作人

信件主旨：問題D－1的結果

正確答案。

真無聊～剩下兩題，一定要讓你們答錯。

電車駛出代代木站，朝原宿站前進，山手線總共有二十九個站，行駛一圈要花上約六十分鐘，站與站之間的距離平均大概兩分鐘左右，兩分鐘之間回答一個問題並不是太嚴苛的條件，況且還是二選一的題型。在搶答王節目中，一分鐘內要回答十二個問題，五秒就必須回答一題，所以抗壓性較低的人才會無法發揮實力。使參賽者戴上頸環炸彈並跟隊友用手銬銬在一起，雖然能夠給人強大的壓力，但猜謎問題本身並不困難，這其中必有蹊蹺，會不會是哪個細節忽略了？修平反覆讀著遊戲製作人寄來的郵件。

他感覺到強烈的視線，有人正盯著他們，雖然無法確認是哪個特定對象，但這輛電車裡確實有人在監視著修平。

「好像不太對勁吧……」

第六感很敏銳的千尋，似乎也感覺到了那股視線。

「我們被人監視了。」修平小聲地說。

「我不是說那個……修平你的左腕一直頂著我的側乳。」

「側、側、側乳！」修平不禁大吃一驚。

這麼說來，左腕的外側似乎有些許柔軟的觸感，不過只是很輕微的感覺，就像被沉重的氣壓籠罩那樣，沒想到那竟然是千尋的胸部。一股氣血衝上腦部，修平面紅耳赤地想離開千尋身邊，但因為被手銬銬著，只能稍微往旁邊移動一些而已。

「我不是故意的，妳應該明白吧。」

「天曉得。」千尋冷冷說道。

修平的頭腦原本好不容易順利運轉起來，卻因為千尋的一句話而過熱，腦中變得一片空白，他側眼瞄了一下千尋的胸部。

「不准看！」

千尋一喊，修平便慌張移開視線，他的眼神閃爍，困惑不已。為什麼會派她當自己的隊友呢？如果一定要男女一組的話還有很多別的女生可選啊，偏偏選了一個胸部大、帶點成熟性感韻味，卻少了根筋的千尋，修平雖然思路清晰，但仍只是個十來歲的健康少男，在她身旁想必無法全神貫注。修平就讀的是男校，從同學中選不出女隊友也是莫可奈何，但為何不選個其他高中的女生就好了呢？就在修平煩惱的同時，電車已駛出原宿站停靠到澀谷站內，這裡是乘客數經常名列山手線前三名的大站，因此就算是在星期六的早晨乘客依然眾多，他們完全沒想到修平等人會戴著頸環炸彈上車。非比尋常的危險，其實就潛藏在平凡的日常生活之中。如果炸彈是真的，究竟有多大的威力呢？就算爆炸規模再小，把炸彈戴在脖子上的人肯定是沒命的，只是不曉得會不會影響到周圍的人。修平抬頭環顧四周，看見一個坐在嬰兒車上的孩童，由一位狀似母親的女性推著，在他們隔壁有位年紀約國中生左右的女孩，另外還有幾個小學生正開心地聊著天。絕對不能把這些人捲進來，雖然自己命在旦夕，修平仍擔心著周遭的人們。

我是個這麼善良的人嗎……修平想著想著，笑了出來。

電車發動後，遊戲製作人傳來了郵件。

寄件人：遊戲製作人
信件主旨：問題D－2

賭上性命來挑戰吧。
要是答錯的話，人質的腦袋就會砰砰砰砰砰砰被子彈打～爆。
□問題D－2
下列何者為政府協助開發的意思？
①ODA　②OSU
請選擇其中一項回信給我～
時間限制：到電車抵達惠比壽站為止。

這個問題很合理，如果不具備相當的知識是回答不出來的。修平沒向千尋確認，就選了①ODA。
「不用跟我討論嗎？」千尋插嘴說。
「妳知道答案嗎？」

「我知道啊，就是那個歐達嘛。」

修平嗤之以鼻，「要分開唸O．D．A。」他糾正了她。

「啊，對啦，這樣唸才對。」

千尋雖然打馬虎眼，但很顯然她不知道那個字的讀法。抵達惠比壽站後，收到了通知結果的郵件。

寄件人：遊戲製作人
信件主旨：問題D－2的結果

正確答案。
可是呢～光是答對問題就夠了嗎？

郵件中的字句彷彿意在言外，但還沒時間思考，下一封郵件就寄來了。

寄件人：遊戲製作人
信件主旨：問題D－3

賭上性命來挑戰吧。

要是答錯的話，人質的腦袋就會砰砰砰砰砰被子彈打～爆。

□問題D－3

類比電話的線路分成兩種～

一種是撥號電話，那麼，另一種是什～麼？

①ISDN　②按鈕電話

請選擇其中一項回信給我～

時間限制：到電車抵達目黑站為止。

「真傷腦筋，又是個困難的問題，修平你知道答案嗎？」

千尋問了之後，修平覺得有點不耐煩。

「我知道，類比電話線路是②按鈕電話，ＩＳＤＮ是數位電話線路。」

「太好了，可是既然如此，你為什麼看起來不太開心？」

「我搞不懂遊戲製作人到底想做什麼，實在摸不著頭緒。」

「這種事只有遊戲製作人自己知道，我們只要專心答出正確答案就好啦。」

這樣就好了嗎？修平自問自答了起來，電車即將抵達目黑站，他一直思考到時間快不夠為止，得到的結論是「並不好」。盲目回答正確答案是危險的，參賽者至少可以答錯三次，或許就是這個猜謎遊戲的重點，只不過，每答錯一題就會有一個人質遭到毒手，因此也只能回答正確答案，修平無可奈何地選擇了②按鈕電話。

電車停靠在目黑站。

宣布答案正確的郵件馬上就寄來了，但就算讀了之後，修平的臉上依舊籠罩著一片烏雲。

「你還是很在乎，想知道遊戲製作人在想什麼嗎？」千尋問道。

「這裡頭沒有共通點。」

「什麼共通點？」

「猜謎的問題之間沒有一個統一的類型，雖然難度都一樣低，但反而更令人疑惑，一般而言問題的難度都會慢慢提高才對。該說他行徑古怪，還是莫名其妙呢，完全搞不懂這個人出題的時候在想些什麼。」

「這是當然的啊。」

「為什麼？」

「因為，出題的應該是個業餘人士吧，如果是在電視台猜謎節目工作的人，他們應該會調整難易度，並統一出題的類型吧，但這個人卻無法辦到。」

不對，想出這個遊戲和這些問題的遊戲製作人，肯定是個超級怪咖，將《高中猜謎王冠軍》前四強隊伍中的七人玩弄在股掌之間，想必是個以犯罪為樂的人。修平不是ＦＢＩ的罪犯側寫專家，無法明確描繪出犯人的樣子，但修平卻對遊戲製作人燃起了興趣。電車相繼停靠了五反田站、大崎站，然而，在快到品川站前，新的郵件寄到了。

寄件人：遊戲製作人
信件主旨：指令

請從品川站下車，往水聲廣場前～進。
然後，請將五百毫升的罐裝啤酒喝～完。
這次要負責執行指令的，是男～生。
喝完後，搭上八點二十三分的山手線外環電～車。
可別告訴我，你未成年所以不能喝酒喔，如果想死的話就另當別論。
那裡有一面黑底黃色∞符號的旗子做記～號。

一節車廂只能搭乘一個隊伍，禁止和隊友以外的人說話，或取得聯絡。

要是打破規則的話，

ㄅㄠˋ ㄙˇ，火日廿水一弓心，BAKUSI，bakusi，麥士，幕史，博市，爆死，爆爆爆爆麥芽發芽，獏子愛吃草，幕末被爆死，賭博被爆死，爆死，爆死，爆死。

讀完郵件之後修平咬住了嘴唇，比起猜謎問題，彷彿遊戲才是重頭戲一般，或許就是因此猜謎問題才會那麼簡單吧。這瓶啤酒不喝不行，設下如此縝密圈套的這一夥人，一定有調查過修平的身家背景，遊戲製作人知道修平連一滴酒都沒辦法喝，所以才會發出這則指令。

「你臉色不太好，還好嗎？」千尋問道。

修平以為自己擅長喜怒不形於色，看來並非如此，當他看到指令的瞬間，臉就垮了下來。

「我沒辦法喝酒。」修平誠實以對。

「這哪算酒，只不過是一瓶啤酒而已耶。」

忍著丟臉的情緒說出真相的修平，因為千尋的回應而大為光火。

「我就是連一滴酒精都不能碰，喝了之後我會滿臉脹紅，頭昏眼花，這樣不行嗎！」

「當然不行啊，怎麼辦，不遵守指令的話會被爆死唷。」

「說、說得也是。」

對她發火也沒意義，這樣就中了遊戲製作人的計，既然如此，只能拚死喝下去了。五百毫升的啤酒，不過就是一瓶易開罐大小嘛。

電車停靠在品川站，時間是八點十五分，指定搭乘的山手線外環電車出發時間是二十三分，時間足足有八分鐘之多，既然有這麼多時間應該喝得完吧，不，也只能硬把它喝完了。

8 品川站（a.m.8:15）

修平右手提起行李箱，左手牽著千尋走下電車，坂上與麻衣子隊，以及葉月與辻隊都已朝著水聲廣場前進爬上階梯，修平與千尋稍微晚了一點才爬上去。距離換乘指定電車還有八分鐘的充裕時間，也知道水聲廣場的位置在哪裡，但是要把啤酒喝完這件事真是個大麻煩。

如大廳般的車站內人聲鼎沸，朝左邊走就是水聲廣場，有張立了黑底無限大標誌旗子的桌子擺在那裡。修平隊比其他隊伍晚了一點，抵達時坂上和辻已經拿起啤酒罐對著嘴喝了，站在桌子後方的年輕男子，將五百毫升的易開罐啤酒遞給修平，罐子已經被打開了。

「請喝。」男人說。

修平遲疑了，不是因為他不能喝啤酒，而是因為罐子已經被打開，修平腦中閃過一絲不安，裡頭可能被下了毒也不一定，不過，如果要毒殺他們的話，還不如一開始就引爆頸環炸彈比較快。一旁的兩人毫無警覺，大口大口喝下啤酒，但若是遲效性的毒物，就算喝下也不會立即見效。是他想太多了，修平的內心深處，努力製造藉口，就是不想喝啤酒。

「看來也只能喝了。」

修平一口氣將啤酒灌進口中，苦澀的碳酸液體流進喉嚨，這種東西究竟哪裡好喝呢？修平的味覺還像小孩一樣，喜歡甜食而不喜歡苦味，可是不喝的話就會被殺，只能忍耐著把它喝完。修平喝了一半，好不容易有點放心，覺得自己可能喝得完時，空氣卻突然從胃中冒出打了一個嗝，瞬間令他頭暈目眩，噁心想吐，雖然拚命忍了下來，卻折損了他的鬥志，啤酒還剩下半罐。

「快點喝嘛。」

千尋對他頤指氣使。

「我喝完了。」他聽見了坂上的聲音。

修平偷偷瞥了一眼，看見坂上似乎已將啤酒喝完，正要把空罐擺回桌子上。

「可惡！」

修平嘖了一聲。

「我也喝完了。」

橫濱海斗高中的辻似乎也將啤酒喝完了，坂上與麻衣子，葉月與辻兩隊從水聲廣場飛奔而去，只留下修平隊他們。

「是男子漢就應該喝得完吧。」

千尋的說法毫無根據，酒量好不好跟體內酒精分解成分的量有關，而與性別無關，修平雖想反駁，但因為事態緊急還是閉上了嘴，現在沒有閒情逸致跟她辯論，時間正一分一秒逝去，究竟剩下多少時間呢？三分鐘、還是四分鐘左右？

只能硬著頭皮喝了，修平抱著背水一戰的心情，將啤酒灌進嘴裡。

「一口氣喝完吧。」

千尋天真無邪的聲音令人煩躁，空腹喝著啤酒的修平，覺得氣體要從肚子裡冒出來的時候又被壓了下去。

究竟還剩多少時間呢，修平雖然想確認，但這樣的行為沒有意義，只能努力地喝，繼續把啤酒喝下肚，然而喘不過氣來的他，必須暫停休息一下。

「喝完了嗎？」千尋立刻問道。

「還剩一點點。」

「哎唷～真是糟透了，修平你根本還是小孩子。」

雖不甘心卻無話可說，既然如此，就算會吐也要喝完，修平將剩下的啤酒一口氣乾了。

「只要有心你還是能辦得到嘛。」

「囉唆！」

把啤酒空罐放回桌上後，修平牽著千尋的手，往山手線外環電車的月台前進。車站電子鐘映入修平的眼簾，八點二十一分。什麼嘛，原來還剩下兩分鐘的時間，這麼說來，五百毫升的啤酒五分鐘左右就喝完了。

我還滿厲害的嘛……

一旦放心下來眼前就天搖地動，開始醉了起來，胃裡立刻湧上一股酸液。

「別吐在這裡。」

千尋冷冷地對停下腳步的修平說，修平心中覺得不快，只好將滿到喉頭的液體吞了回去，真是不舒服到極點了。頭昏腦脹的修平覺得自己絕對不能倒在那裡，於是便邁著踉蹌的步伐，拚命走下階梯，電車已經停在月台上了，是二十三分出發的山手線外環電車，兩人一邊走著一邊尋找沒有搭乘其他隊伍的車廂，此時站內傳來通知電車即將出發的警示音。原以為時間綽綽有餘，沒想到下樓梯竟費了一番工夫，修平額頭冒汗，感到十分不適。

「我要上車。」

千尋大聲叫喊，站務員和乘客都看著他們兩人，山手線的車掌並非冷血無情，世上的男人總是比較禮遇年輕可愛的女孩，男性站務員故意將關門的時間晚了一些，因此當發車警示音停止時，車門卻沒有立即關上。

「趕上了。」千尋說。

修平和千尋達成了品川站的指令。

9 山手線．外環電車（a.m.8:23）

啤酒麻痺了修平的頭腦，他感到一片茫然，完全無法思考，要是現在出題的話，就算是簡單的問題他也會答錯，而且偏偏就在這個時候沒有地方可坐。車上並不擁擠，座席間稀稀落落有些空位，但卻沒有修平和千尋能並肩而坐的位子，由於他們被手銬銬著，無法各自分開坐下，右手提著行李箱的修平，只好跟千尋一起靠著車門站立。窗戶外頭，可以看見和山手線並行，京濱東北線開往蒲田方向的電車，由於兩台電車幾乎用同樣的速度行駛著，因此能清楚看見隔壁車廂內的情形。

「咦！」

修平低聲叫喊，醉意瞬間煙消雲散，他在京濱東北線電車的車內看見了意外的人物。

「怎麼了？」千尋問道。

「那輛電車裡……」

修平此話一出，千尋便朝並排行駛的京濱東北線電車看去。

「騙人的吧，是那兩人？」

千尋也擺出一臉不可置信的表情。

「是橫濱海斗高中的葉月和辻。」

「為什麼他們會搭上那班電車？我們應該沒坐錯吧？」

「搭錯的是葉月他們，指令中清楚寫著是要搭乘山手線外環電車。」

為了確認，修平重讀了一次遊戲製作人寄來的郵件，上面寫著「搭上八點二十三分的山手線外環電～車」，搭錯車的是葉月他們。可是那兩位秀才怎麼可能會犯下這樣的錯誤呢？啤酒是唯一的可能，是醉意和壓力使他們犯錯。在水聲廣場時辻露出一臉痛苦的樣子喝著啤酒，一定是醉了之後害他判斷出錯的。

「那兩人會有什麼下場？」

面對千尋的詢問，修平搖了搖頭，究竟會發生什麼事，連修平他也不清楚。

「他們會被爆死嗎？」

「郵件上是這麼寫的。」

並排行駛的京濱東北線電車內，葉月和辻做出了奇怪的行動，他們突然將脖子上的脖圍拿了下來，兩人的脖子上都戴著頸環炸彈，辻和葉月伸出沒有銬著手銬的手，用力想拆掉炸彈。

危險！修平在心中叫喊著。

隔壁電車中原本呆呆看著兩人的乘客，察覺到危險之後便開始騷動起來，甚至有人驚慌地移往了隔壁車廂。逐漸遠離兩人的乘客之中，有個穿著黑西裝的男人不顧危險，跑向了辻和葉月的身邊，接下來，車內瞬間被煙霧包圍，頸環炸彈被引爆了。

「爆炸了。」千尋發出顫抖的聲音說。

「怎麼會這樣……」

雖然想跑到京濱東北線電車上去救那兩人，但他們無法模仿好萊塢電影中的特技動作，只能袖手旁觀。與山手線並排行駛的京濱東北線漸漸拉開了距離，一下子就看不見了。

原來脖子上戴的是貨真價實的炸彈，辻和葉月死了嗎？煙霧太多無法確認，但恐怕是凶多吉少。

電車抵達大崎站後，遊戲製作人寄來了郵件。

寄件人：遊戲製作人
信件主旨：淘汰隊伍

哎呀～又有隊伍被淘汰了呢～
橫濱海斗高中隊的久我葉月和辻正彥搭錯了電車。
喂喂，你們也別犯下這麼簡單的錯誤吧。
我實在失望透了～

橫濱海斗高中隊，淘～汰。

ㄅㄠˋ ㄙˇ，火日廿水一弓心，BAKUSI，bakusi，麥士，幕史，博市，爆死，爆爆爆爆麥芽發芽，獏子愛吃草，幕末被爆死，賭博被爆死，爆死，爆死，爆死，爆死。

面對不發一語關上郵件的修平，千尋說：「坐吧。」

有幾名乘客在大崎站下車，因此座位空了出來，修平和千尋並肩而坐，沉默籠罩著兩人。中村仁志被射殺時的影像也很令人震驚，但畢竟是在手機螢幕上播放，感覺不太真實，但這次的事件就在眼前，在並排行駛的列車中發生，他們都清清楚楚地看見了，那陣煙霧的確是因引爆炸彈而起。

「在池袋來不及上車的那兩人，是不是也被殺了？」

「理論上是這樣沒錯……」

修平話說得語焉不詳，一起在電視節目《高中猜謎王冠軍》中對戰的佐佐岡拓馬、西山彩、久我葉月、辻正彥，以及同班同學中村仁志都被殺了。

「可是，你不覺得奇怪嗎？」千尋還是一樣慢慢說話，一點緊張感都沒有。

「有什麼事令妳在意的嗎？」

「如果在電車上引爆炸彈，其他電車一定也會停駛的，然而，這班電車卻像什麼事也沒發生一樣繼續開下去。」

「妳說得或許有道理……不過，可能並非如此。」

「哪裡不對了？」

「爆炸是發生在京濱東北線上，而非山手線，可能因此才沒有影響這班電車。另外，在池袋搞錯月台的佐佐岡和彩，恐怕是被帶到別的地方去了。」

「也就是沒有在池袋站引爆囉。」

「遊戲製作人不知為何特別在乎山手線，刻意要我們搭乘電車來回兜圈子，要是池袋站發生爆炸事件，山手線絕對會停駛的。既然這班電車還在行駛中，就表示沒有在池袋站引爆，說不定那兩人還平安無事。」

修平誠心希望如此，佐佐岡拓馬、西山彩、中村仁志，希望他們都還活著。

「為什麼要在電車內將搭上京濱東北線兩人的頸環炸彈引爆呢？」

修平也同樣感到疑問，雖然他對千尋說在京濱東北線的電車內引爆炸彈不會影響山手線，但也並非必然如此，山手線和京濱東北線在田端站與品川站之間是並行的，要是京濱東北線發生事故，山手線也有停駛的可能，一旦電車停了下來，遊戲製作人設下的圈套和遊戲都必須中斷，既然如此就不應該在京濱東北線的電車內引爆，然而，爆炸事件還是發生了。

「說不定這並不在計畫之中。」

修平低聲說道，說不定遊戲製作人並不想引爆炸彈。

「就我所見，是辻和葉月自己拿下脖圍的，他們兩人發現自己坐錯車後，打算在炸彈引爆前先將頸環拆下來。」

「有個西裝男朝那兩人跑了過去對吧，那個男人是負責監視的人嗎？」

「他想阻止那兩人卻來不及，炸彈上可能有設下機關，若硬是要拆掉的話就會爆炸吧。」

「說到那個西裝男，有沒有可能是想要搭救那兩人的善良上班族呢？」

「不可能。」

修平答得太快，千尋露出不滿的表情，要是她繼續不開心下去會很難辦事，還是說明一下理由好了。

「葉月和辻可能大聲告訴眾人『請幫忙報警』或是『這是炸彈，大家快逃』之類的話，一般人應該會逃走吧，就算不逃，也會覺得這兩人說的話怪怪的，不可能盲目靠近。然而，那個男人卻立刻做出反應，衝往他們的身邊，可見他已經預想到接下來會發生什麼事了。」

「但如果他知道脖子上裝的是炸彈，就不會靠近了吧？」

「炸彈比他預料的還早爆炸。」

修平試著想像了一下在京濱東北線電車上發生的事。

搭錯電車的葉月和辻，收到了遊戲製作人寄來的淘汰通知信，再這樣下去自己就會被殺死，那麼還不如賭一把想辦法解開頸環，說不定他們已經知道要怎麼打開密碼鎖了，所以才會脫掉脖圍打算解開頸環。負責監視的人看見這一幕慌張出面制止，然而他們並沒有成功將鎖打開，反而不小心引爆了炸彈，連負責監視的人也來不及阻止。

這麼想雖然合理，但總覺得有點不對勁，那兩人會這麼亂來嗎？如果是修平遭遇同樣的狀況，自己會怎麼做？會在電車內嘗試解開有爆炸危險的頸環炸彈嗎？修平絕非聖人，但他不會做出殃及其他乘客的事，如果要解開頸環的話，一定會等下了電車再解。雖然他不知道葉月和辻是怎樣的人，也僅只短暫相處過，但他們肯定不是什麼壞人，頭腦也絕對不差，就算陷入慌亂也不會害旁人跟他們一起同歸於盡。

「你的臉好紅，還好嗎？」千尋問道。

對了，修平忘記喝了啤酒，剛剛還意識朦朧了一下，一旦想起胃就開始不停翻滾，感覺噁心想吐，全身像被火灼燒一般炎熱，但似乎是沒起疹子，雖然身體狀況不佳，但比起之前喝啤酒的時候要來得好多了，現在如果對方出題，說不定自己也能冷靜作答。遊戲製作人寄來了郵件，他知道修平不會喝酒，所以故意要他在這樣的狀態下答題。

「看來對方似乎是不打算讓我休息了。」修平說完，便將郵件打開。

寄件人：遊戲製作人
信件主旨：問題E－5

賭上性命來挑戰吧。
要是答錯的話，人質的腦袋就會砰砰砰砰砰被子彈打～爆。
□問題E－5
表示許多英雄勢力，在各地互相競逐的成語是什麼？
①群雄割據　②長幼有序
請選擇其中一項回信給我～
時間限制：到電車抵達五反田站為止。

電車已經從大崎站發車了。

修平關上問題E－5的郵件，點開「面板」APP，螢幕上顯示了A至F列宛如座位表般排列的圖示，確實像是《面板猜謎25》的面板。猜謎問題先從C－1問到C－3，然後從EF－4、D－1到D－3之間發問，接著跳到E－5出題，這順序究竟有什麼規則呢？乍看之下像是隨意選取，但又覺得具有某種規律，究竟有什麼意義呢？

「答案是群雄割據，快點回信吧。」千尋從旁出聲。

「我們還有時間。」

這個猜謎遊戲有點奇怪，跟一般的猜謎不同，光是答出正確答案還不夠，雖說如此，也不能答錯害朋友被殺害，截至目前為止還是搞不懂這猜謎的意義為何，雖然不甘心，但也只能回答正確答案了。

修平打開收件匣回到E－5的問題，選擇①群雄割據後送出了回信。

電車抵達五反田站，雖然這題應該可以從容作答，但因為酒精使得行動遲緩，差點就要超過作答時限了。

「你在拖什麼，差點超過時間。」

「反正答對了，還有什麼好說的？」

千尋酸一句，修平就回一句，兩人的團隊默契糟透了，為什麼會是她當自己的隊友呢？修平忿忿不平，如果是光太郎的話一定會講些貼心話提醒他，例如：「修平你不要每次都害我這麼緊張嘛，是故意拖到最後一刻才作答的嗎？」或是：「在頸環炸彈引爆之前，我的心臟就會先爆炸了。」此類幽默的談吐。光太郎既冷靜又值得信賴，如果是由他來做隊友的話不知會如何？是否會對這場搏命遊戲樂在其中……算了，再去想這些也沒用，現在千尋才是自己的隊友，既然她不可靠，就只能靠自己突破難關了。

電車抵達目黑站時，遊戲製作人傳來了郵件。

寄件人：遊戲製作人
信件主旨：問題E－5的結果

正確答案。
不過，這樣究竟市集還世兄呢？
不對啦～
是這樣究竟是吉還是凶啦～

兩人沒心情回應這封郵件，修平和千尋都緊閉著嘴。電車分別停靠惠比壽站、澀谷站、原宿站、代代木站，朝新宿站前進，此時遊戲製作人的郵件寄來了。

寄件人：遊戲製作人
信件主旨：問題E－1

賭上性命來挑戰吧。
要是答錯的話，人質的腦袋就會砰砰砰砰砰被子彈打～爆。
□問題E－1
下列何者為美國影藝學院金像獎的獎座？
①奧斯卡　②金獅
請選擇其中一項回信給我～
時間限制：到電車抵達新宿站為止。

這問題一點也不難，連小學生都知道，金獅是威尼斯國際電影節的獎座，影藝學院獎是奧斯卡，但修平並沒有立刻回答，而審慎思考著。

「代代木到新宿之間距離很短，趕快回答比較好吧。」

「別擔心。」

說完之後修平陷入沉思，打算到時間截止之前好好思考這猜謎遊戲的意義，千尋在一旁碎碎唸，但修平卻不予以理會，他關上問題E-1，從收件匣中打開遊戲製作人最初寄來的郵件重讀一次，仍然讀不出蹊蹺。窗外出現了新宿的高樓大廈，時間快要截止了，修平回到寫著E-1問題的郵件，選擇①奧斯卡之後回信。

「糟糕！」

千尋大聲地說。

「什麼！」

修平也懷疑自己看錯，他太大意了，即將抵達新宿站，智慧型手機卻顯示沒有訊號，這附近高樓大廈太多，因此使得訊號很差。

「怎麼辦？」

「也只能等了。」

修平一直盯著顯示訊號狀態的圖示看，現在就算回信也寄不出去，只能等訊號變好為止了。

還沒好，還沒好嗎……

電車駛入新宿站月台，顯示訊號狀態的圖示出現了一根天線。

「連上了！」

千尋歇斯底里地說，修平迅速選擇①奧斯卡之後回信，電車停了下來，千鈞一髮之際應該有趕上吧……電車打開車門，乘客下車，車輛短暫停靠，此時又發生了難以置信的事，智慧型手機的螢幕上竟然顯示出寄信失敗的通知訊息。

「怎麼會……」

修平腦中一片空白，他中了圈套，要是立刻作答回信，就能順利寄出了……慎重行動的修平被擺了一道。時間到應該就代表答錯了吧，人質要被殺了，修平感到全身無力，為什麼會犯下這樣的錯誤呢？如今後悔為時已晚，修平太過自負了，要是聽從隊友千尋的忠告立刻作答回信的話就能答對，他不夠冷靜，而冷靜沉著明明是他的長處……對了，一定是喝了啤酒之後的影響，酒精害他判斷力變得遲鈍，他徹底被打敗了，被遊戲製作人玩弄在股掌之間。電車抵達新大久保站之後，遊戲製作人寄來了郵件。

寄件人：遊戲製作人

信件主旨：問題E－1的結果

時間到。

太粗心了，太粗心了，太粗心了。

一位人質必須去～死。

要殺哪個就交給你們選～吧。

①內川光太郎　②石橋大河

要在抵達高田馬場站之前回答唷。

如果不選的話，兩人都會被殺。

這教人怎麼選得下去，但是如果不選的話，光太郎和大河都會被殺。電車駛出新大久保站，沒有時間煩惱了，抵達高田馬場站之前只有兩分鐘，到底該怎麼辦？時間緊迫，如果不做出選擇的話……該選光太郎還是大河……這種事情果然還是選不下去，兩人都是自己重要的朋友，遊戲製作人真是個殘忍的傢伙，看著修平痛苦的樣子，究竟能夠獲得什麼樂趣？這傢伙不是單純的快樂殺人魔，而是殘忍又冷血的人。馬上要抵達高田馬場站了，煩惱到最後，修平還是選不下手，千尋從旁搶走了智慧型手機。

「什麼？」

千尋迅雷不及掩耳選了②的石橋回信。

「妳這是什麼意思！」

「我看你好像選不下去，所以就幫你選了。雖然對不起石橋同學，但我不認識這個人，他與我毫無關係，但是光太郎是我的弟弟，我必須保護他，沒人有資格責備我。」

她的決定沒錯，修平是選不下去的，如果照剛剛那樣下去，兩人都會被殺。電車一駛出高田馬場站，遊戲製作人就寄來了郵件。

寄件人：遊戲製作人
信件主旨：竟然選了

哇！

騙人～居然真的選下去。

太殘酷了～

我原本想說如果等時間到還沒做出選擇，就要對你們網開一面。

沒想到，你們還是選了。

那麼，我就動手囉。

石橋大河，射殺!!!!

修平和千尋都說不出話來，遊戲製作人真是卑劣無比，如果修平他們沒做出選擇，恐怕兩人都要被殺了。

「是我害的嗎？」

千尋似乎聽信了遊戲製作人的話，無力地說。

「不是，千尋小姐做出了正確的選擇，如果誰都不選的話，他們兩人都會被殺的。」

修平說完，千尋露出些許微笑，那痛苦的笑容打動了修平的心，真糟糕，修平的心為之悸動，該不會喜歡上她了吧？難道自己戀愛了嗎？不，不對，這種悸動不是戀愛的感覺，而是男子氣概。想到這裡，修平開始厭惡了起來，他最討厭男子氣概或男子漢這種說法了，身為男人就必須變得強悍，這完全沒有根據可言，為什麼要由性別來決定性格呢？男人也可以表現得纖細、優柔寡斷、啜泣、鬱鬱寡歡、吞吞吐吐才是，只要表現出柔弱的一面，馬上就會被指責：「是男人還這樣」、「一點也不像個男人」、「這樣也算男人嗎？」這實在太奇怪了。修平雖經常有這樣的念頭，然而在現在的狀況下，腦中卻浮現了男子氣概一詞，男人就是必須守護女人，這與年齡、體力、頭腦，以及一切的要素無關，法律上也並沒有這樣規定，但這世界似乎就是這麼認為，因此，毫不留情駁倒女性的修平評價並不好。「女性既可憐又脆弱，應該要對她們溫柔一些。」當周圍的人這麼說時，修平總是大聲疾呼：「這是哪個年代的言論啊！」但是，但是……修平卻對害千尋做出痛苦選擇的自己後悔不已，心中暗罵是男人就不該如此，露出了與自己不相符，具有男子氣概的一面。

不知何時，電車抵達了目白站，遊戲製作人寄來一封附加檔案的郵件，之前也曾收過這樣的信。

寄件人：遊戲製作人

信件主旨：遺～憾

雖然不想這麼做，但畢竟我們都約好囉。

「千尋小姐妳還是別看得好。」

修平說出了不像他會說的溫柔話語，千尋也難得沒有回嗆，背對了過去。修平打開附加檔案，螢幕上顯示出光太郎他們被監禁的房間，房內跟之前相較稍微有了變化，被綁在椅子上的從三人變成了兩人，已被射殺的仁志沒有出現，犯人似乎搬動了遺體，地板上留下拖行的痕跡，仁志坐過的椅子空了下來，背後的牆壁殘留濺出的放射狀血跡。拿著手槍的蒙面男緩緩站到大河後方，男人將槍口對著因恐懼而動彈不得的大河後腦，短暫停頓之後，男人開了槍。

砰！

聲音響起，大河倒下，從大河後腦噴出的血濺到了犯人身上，雖然因為蒙著面而看不見犯人的表情，但他似乎一點也不覺得恐怖，彷彿像個熟練的劊子手，影像就到這裡結束了。

關上附檔後的修平閉上眼睛，仔細思考，兇手做這種事到底有何樂趣？修平已經夠痛苦了，再持續下去也沒有意義，然而，既然不能離開遊戲，就只好贏得勝利了。可是，究竟是要贏過誰呢？眼前的對戰對手是埼玉大志高中的坂上俊也和新井麻衣子，贏了這兩人的話，同時也代表他們將會死去。即便如此，修平還是必須取得勝利生存下來，任對方予取予求至今，如果最後還是輸了慘遭殺害，他身為《高中猜謎王冠軍》的自尊不容許這種事發生，他要在遊戲中取得勝利，生存下來，把遊戲製作人給抓起來。

電車相繼停靠池袋站、大塚站、巢鴨站、駒込站，朝田端站行駛。

「下個問題會在抵達西日暮里站後出題。」修平預言。

「你怎麼知道？」

「憑直覺，但是如果猜中就有趣了。」

這場猜謎遊戲不知道究竟有多少題目，但如果修平是遊戲製作人的話，就會在這裡出題。電車抵達西日暮里站時，郵件寄來了。

「猜中了！」

千尋在一旁驚訝不已，修平點了點頭之後將郵件打開。

寄件人：遊戲製作人

信件主旨：問題E－2

賭上性命來挑戰吧。

要是答錯的話人質就會被殺，砰砰砰地將子彈打向他的腦袋。
你們應該很清楚了吧。
□問題E－2
這是關於星座占卜的問～題，四月五日出生的人是哪個星座？
①牡羊座　②天秤座
請選擇其中一項回信給我～
時間限制：到電車抵達日暮里站為止。

「這題我會唷。」千尋得意地說。
「是牡羊座。」修平立刻答了出來。
「什麼嘛，你知道啊。」
四月五日有什麼意義呢？修平陷入思考，但馬上就放棄了，時間不多，同樣的陷阱他不會再掉進去第二次，修平選擇了①並回信。
「為什麼你知道會在西日暮里出題呢？」千尋問道。
「沒什麼意義，回想至今為止猜謎的出題方式，所有問題都要我們在一站間回答出來，例如在代代木站出題，抵達下一站新宿站之前必須回答，成為答題的時間限制。

既然如此，我認為對方會選在山手線站與站之間距離最短的地方出題。」

「這樣的答題時間最短。」

「沒錯，這地方就在西日暮里站和日暮里站之間，這兩站的距離只有五百公尺，山手線一節車廂約二十公尺，一班列車有十一節車廂，除去連結部位仍有兩百二十公尺的長度，電車最尾端離開車站的時候，最前端距離下一站已經只剩一半的距離了。」

兩人說話時電車抵達了日暮里站，遊戲製作人寄來郵件。

寄件人：遊戲製作人

信件主旨：問題E－2的結果

答對了呢，太好了～

幹得好！

修平關上郵件，螢幕上顯示著收件匣。

所有郵件的寄件人都是遊戲製作人，信件主旨從最新一封開始依序為：「問題E－

2的結果」、「問題E-2」、「遺～憾」、「竟然選了」、「問題E-1的結果」、「問題E-1」、「問題E-5的結果」、「問題E-5」、「淘汰隊伍」。用手指將螢幕畫面往下拉，就能顯示出更早的信件主旨，分別是：「指令」、「問題D-3的結果」、「問題D-3」、「問題D-2的結果」、「問題D-2」、「問題D-1的結果」、「問題D-1」、「出現淘汰隊伍了唷～」、「問題EF-4的結果」、「問題EF-4」、「回到電車上」、「問題C-3的結果」、「問題C-3」、「指令」、「問題C-2的結果」、「問題C-2」、「問題C-1的結果」、「問題C-1」、「這是同學會唷」、「忘了說明」、「指令」、「面板」、「規則說明」、「恭喜畢業」、「初次見面」。

遊戲規則究竟是什麼呢，再確認一下吧，修平打開「規則說明」的郵件，說不定裡頭隱藏了這個遊戲的提示，他謹慎地重讀著。

我來說明遊戲的規～則。

這遊戲結合了猜謎和賽跑，其實是個劃時代的新遊～戲。

猜謎問題最多可以答錯三～次。

只不過，答錯一次就會死一個人～質。

答錯三題的話，人質就會全部死光～光。

然後，答錯四題的話遊戲玩家也會被炸～死。

賽跑的部分，請按照指令行～動。

只要一次沒成功遵照指令就失去遊戲資格。掰掰。死翹～翹。

關於人質介紹，請參見附檔。

彷彿電玩遊戲般的規則，其他隊伍是不是也一樣呢？如果是這樣的話，就表示還有其他人質，四隊×三人，計算後共有十二個人質。不對，恐怕只有修平這隊有用人質威脅，而且，人質也不是必要條件，只是在綁架修平時，光太郎他們也在一起，所以不得不把他們抓起來當人質罷了。雖然不清楚其他隊伍是如何被召集的，但如果是用再戰《高中猜謎王冠軍》的邀請騙他們過來，就不需要人質了。四隊參賽的規則是否都相同呢？除去人質這一點之外，規則仍然是成立的。

「猜謎問題可能是故意出得很簡單吧。」

看著螢幕的千尋說道。

「為什麼這麼想？」

「郵件裡不是有寫說，這是連小學生也能解開的問題嗎？」

有這回事嗎？這句話寫在哪裡呢？修平確認了一下郵件，結果在主旨為「恭喜畢業」的郵件裡寫了這句話。

遊戲由數字較大的一方獲勝，連小學一年級學生也會玩吧。

「就是這個！」

修平的直覺告訴他，贏得這場遊戲的暗示就在這裡。遊戲製作人雖然腦袋有問題，但並不是個單純的快樂殺人犯，如同第一封郵件中所寫的，他對這遊戲樂在其中，因此他想必高高在上地旁觀著，看參賽者們是否有注意到這個提示，只要解開這個謎，一定能將遊戲轉為對自己有利的情勢。信中雖然寫著「遊戲由數字較大的一方獲勝」，但這數字究竟指的是什麼呢？一開始他以為是指猜謎答對的題目數量，但似乎並非如此，而遊戲製作人在文章中胡鬧、選錯字，就是故意要像煙霧彈一樣將提示隱藏起來。修平思索著這句話的意義，電車已陸續停靠鶯谷站、上野站、御徒町站，謎題仍尚未解開。

修平彷彿像瞪著螢幕似的一直閱讀郵件的文字，其他郵件中也可能隱藏著線索，於是他便調查了收件匣中其他的郵件，千尋也一同重讀了起來。電車停靠秋葉原站，往神田站行駛，其他郵件似乎沒有什麼可疑之處。電車停靠在神田站的同時，遊戲製作人的郵件寄來了。

寄件人：遊戲製作人
信件主旨：山手線回合結束！

恭喜你們～
山手線回合結束，接下來，進入中央線回合囉～
在東京車站下車後，轉乘九點十七分發車的中央線快速．開往高尾的列～車。
規則一樣。
一節車廂只能搭乘一個隊伍，禁止和隊友以外的人說話，或取得聯絡。
要是打破規則的話，
ㄅㄠˋㄙˇ，火日廿水一弓心，BAKUSI，bakusi，麥士，幕史，博市，爆死，爆爆爆爆麥芽發芽，獏子愛吃草，幕末被爆死，賭博被爆死，爆死，爆死，爆死。

電車已經發動朝東京車站前進，修平確認了一下時間，九點十分，抵達東京車站時應該是十三分左右，要轉乘十七分發車的中央線列車，共有四分鐘的充裕時間，東京車站雖然廣大，但從山手線換到中央線的距離並不遠，此外月台還設有電扶梯，拉行李箱也不是件難事。

「只要轉乘電車就好了嗎？」千尋提出疑問。

「似乎沒有其他指令，應該轉乘就可以了吧。」

電車馬上就抵達了東京車站，修平左手牽著千尋的手，右手拿著行李箱走下電車。

中場休息

由古老洋房改造的一間房間內，十數台螢幕以扇形方式配置開來，前面還擺了數台電腦，房間裡一點垃圾也沒有，打掃得非常乾淨且明亮，房內配置彷彿像是飛機管制室一般。面對著電腦，臉色蒼白的長髮少年就是這棟洋房的主人，森下類，他眉清目秀的臉上還殘留了一點稚氣，眼神卻像冰一般寒冷。類跟被捲入瘋狂搏命遊戲的朝倉修平一樣十八歲，他看著螢幕露出滿足的微笑。

「勝負現在才要開始。」

類對著配置在中央的三十二吋主螢幕說出這句話。

人在成長的過程中經驗會不斷增加，而刺激卻會不斷減少，小學沉迷的遊戲到了國中便覺得無趣，同樣的，國中玩的遊戲到了高中就不屑一顧，到了大學時簡直像是過去的遺物一樣了。長大成人後面臨廣闊的新世界，刺激和經驗都會增加，但過不到幾年就膩了，有人會為尋求刺激而去旅行、賭博，或談場危險的戀愛，總要到老了之後才會對刺激失去興趣，對於體力衰退的老人來說，安詳的生活要比刺激來得幸福。如果小時候就經歷過強烈的刺激，從此以後再也沒有辦法遭遇更刺激的體驗，是最不幸的了。類就是這樣一個不幸的男人。

主螢幕上顯示出東京車站的通道，這是裝在朝倉修平頸環上的攝影機拍攝的影像，精明敏銳如他，如果遭到竊聽、偷拍、監視的話一定會發現的，然而頸環卻是個死角，類在他的頸環上開了小洞裝置四台攝影機，光從玻璃上反射的影像很難察覺，要對著鏡子仔細注視才有可能發現，但這樣的行為是沒有意義的，他很清楚這一點，所以才沒有搜尋攝影機和竊聽器的蹤影。那個男人雖然拚命想逃離遊戲，心底卻樂在其中。

我也一樣。

去年在電視猜謎節目上看見修平時，類就覺得有股親切感，這男人跟自己很像，整天只想著打敗其他人。如果當時能與他在節目上對戰的話，或許就不必設計這個遊戲了吧。

「不，不是這樣。」類喃喃自語。

無論如何遊戲還是要辦，電視猜謎節目只能算是餘興，賭上性命拚出勝負才夠有趣。

「是吧，朝倉修平。」

「只剩下兩個隊伍了。」

有個男人從後方出聲說道，他是負責執行類的遊戲構想的忠實部下，山崎真治。四十九歲的山崎年紀大得可以當類的父親了，兩人認識十二年，比起已逝的父親，山崎更是類所景仰的對象。

「你不覺得這是個荒謬的遊戲嗎？」類問道。

「不會，娛樂是人生不可或缺的元素。」

「拿這場遊戲來賺錢，並非我的本意。」

「可是，多少還是需要做點生意。」

山崎雖然姿態低，但仍會確實提出自己的意見。身高一百八十公分，以柔道、空手道、劍道鍛鍊體魄的他，做為保鑣實在無可挑剔，此外他思路清晰、重情重義的特質更是錦上添花，沒有比他更完美的部下了，甚至比羽柴秀吉的軍師竹中半兵衛，以及武田信玄的參謀山本勘助還要優秀，類十分信賴他。

「我對賺錢沒有興趣，遊戲比那重要多了，要是過得不快樂的話根本沒有活下去的意義。」

「因為你是有錢人才能這麼說，金錢能夠左右一個人的人生，類你如果不是生在這個家裡的話，也不可能過這樣的生活。」

「有錢卻不幸，真是諷刺，若非如此，我可能會過著平凡的天才人生，在猜謎節目上和他對戰分出個高下吧，光用想的就覺得噁心。」

螢幕上出現了通往中央線月台的電扶梯，修平和千尋正依照指示前去搭乘開往高尾方向的電車。右邊的螢幕顯示出坂上俊也頸環攝影機的影像，他比修平等人稍微超前了一些。其他螢幕則顯示著東京車站監視攝影機的畫面。

「果然還是要玩真的才能製造出緊張氣氛。」山崎說。

「從這一點看來，這遊戲似乎是辦對了。」

類的視線從主螢幕移到了東京車站監視攝影機的影像上，中央線月台的畫面中，出現了爬上電扶梯的坂上與麻衣子，坂上看似沉重地拖著行李箱。

「體力是存活下去不可或缺的要件啊，小胖。不過，我倒是忽略了電扶梯這一點，下次指令中記得要禁止他們使用電扶梯。」

坂上和麻衣子搭上了中央線快速的電車，稍晚一群可疑男子也進入了同一節車廂，再過一陣子，拉著行李箱的修平和千尋才趕到現場。

「酒也差不多該醒了吧，我的朋友，好戲現在才要開始呢。」

修平和千尋搭上了與坂上隊不同的車廂。

「該不會他已經發現這個猜謎遊戲的意義了吧？」

對於類提出的問題，山崎稍微思考了一下，他並不是認為修平的能力不夠強，如果是在電視攝影棚裡頭出題的話，修平可能早就看出答案了，然而，人一旦被逼入絕境就容易疏忽犯錯。有道是「窮鼠齧貓」，但是聰明的老鼠會在被貓追進死路之前逃出生天，因為被追到無路可走的時候，就算老鼠反過來咬貓也無法反敗為勝，其中幸運的老鼠或許可以趁隙逃跑，但卻微乎其微。朝倉修平會不會是那隻幸運的老鼠呢？

「這四人應該都還不明白猜謎的意圖吧。」

山崎此話一出，類仰天長嘆，是自己高估了，他們或許並沒有想像中那麼優秀。

「真是無趣。」

「寄出問題E-3之後，他們應該會有一些反應吧。」

「對了。」類點了點頭，停頓一下之後繼續說道：「出題之前先告訴他們彼此隊伍的成績吧，這樣才夠親切嘛。」說完他便轉身將猜謎成績打進電腦裡，用郵件寄給了那兩隊。

第二章　中央線回合

1 中央線快速・高尾方向（a.m.9:17）

修平和千尋坐上座位後，中央線快速電車立刻就發車了。或許是國民性使然，日本電車的發車時間都很準確，雖然修平並沒有海外旅行的經驗，但喜歡誇耀自己年輕時到世界各地旅行的老媽，卻總是把「其他國家的人都沒有時間觀念」這件事掛在嘴上，如果要在日本以外的國家玩這個遊戲的話，可能只有國民愛守規則的德國有辦法執行吧，電車遲到對某些國家而言可是司空見慣的事呢。

這個莫名其妙的遊戲進入了第二回合，到底要玩到什麼時候呢？在山手線電車上醒來至今已經過了三小時以上的時間，對了，這遊戲是有時間限制的。

「可以借我看一下頸環嗎？」修平提出請求。

「可以啊，做什麼？」千尋問。

「我想看一下計時器的時間。」

「也對，這是顆定時炸彈呢。」

千尋說完，便拉下脖圍露出頸環上的計時器，修平一看，上頭顯示著「00:45:13」，剩餘時間還有四十五分鐘，修平看了一下智慧型手機的螢幕，九點二十分，十點五分的時候就會爆炸。

「還剩多少時間？」千尋問道。

「四十五分鐘。」

修平照實回答，剩下的時間到底是長還是短呢？根據不同狀況，有可能會覺得時間很長，也有可能會覺得很短吧。

「等到十點就完蛋了。」

「正確說來是十點五分。」

「真愛計較。」

千尋用不滿的語氣說道，並將脖圍拉回原處。智慧型手機傳出收到郵件的鈴聲，是遊戲製作人寄來的。

寄件人：遊戲製作人

信件主旨：目前為止的成績

恭喜各位，進入中央線回～合。
現在發表目前為止的成～績。
順帶一提，兩隊是以同樣規則、同樣的問題進行遊戲～的。
不過，有人質被抓起來的只有高中猜謎王冠軍兒～蟻。
鏘鏘～
猜謎成績。
高中猜謎王冠軍隊：十題答對八題，答錯兩題。
埼玉大志高中隊：十題全部答對。
問題還剩下兩～題。
如果蒜市沒有成立，就布行～了。

「他說問題只剩兩題了。」
千尋說完，修平點了點頭。
「坂上他們全部都答對了……」
「最後一句話是什麼暗號嗎？」

修平也覺得納悶，就像第二封郵件裡「遊戲由數字較大的一方獲勝，連小學一年級學生也會玩吧」一樣，「要如果蒜市沒有成立，就布行～了」這句話也一定藏有什麼秘密。截至目前為止，猜謎對決輸給了埼玉大志高中，答對的題目數相差兩題，剩下兩個問題，已經是窮途末路，萬一下一題修平隊答錯而坂上隊答對的話，就追不回來了。不知道會不會像電視猜謎節目一樣，最後出一題分數加倍的特別題呢？這是一場遊戲，不是單純的猜謎，光看問題答對的數目可能還不見得就會定勝負。

「蒜市是指批發蒜頭的市集？蒜頭產季是二至四月，而現在已經三月了，要是錯過就只能開布行是嗎？」千尋說出了自己的看法。

「不對，不是這個意思。」修平予以否定。

「為什麼？」

「我不清楚，但這裡所寫的四季並不是指春夏秋冬，恐怕有別的意義。」

「什麼意義？」

「我正在想。」

這句話一定是串起其他線索的關鍵，究竟是什麼意思呢？感覺好像忘了什麼，但就是想不起來。電車抵達神田，車門打了開來。

修平彷彿墜入空中氣渦一邊，掉進了意識的洞穴裡，就像在大考前突然跑去看其實一直沒興趣的電影，或是突然想打電話跟朋友聊天那種感覺。

只是逃避現實罷了。

修平看著車門外，突然有股想逃出這裡的衝動，他想從神田站下車，朝賣古書的神保町散步過去。走累了就找間咖啡店喝美味的咖啡，光是想像就讓他偷笑了起來。等等，既然都在神田下車了，那麼往秋葉原的方向走去逛逛電器行，也不失為一種選項，咖啡店就換成女僕咖啡吧，可愛的女僕說著「主人，歡迎回來」並出來迎接，真是太療癒了。雖然高中生活也不是只有整天讀書，但始終無緣造訪女僕咖啡，修平並不特別想去，但要是還沒體驗過就沒命了的話，心中總是有些遺憾。

「你腦袋壞掉了嗎？」

正在妄想中的修平，千尋叫了他一聲。

「什麼？」

修平看向隔壁，在他眼中千尋成了性感的女僕。再怎麼遲鈍的女性，只要被男人投以色情的眼光，也會立刻察覺的，更何況身材傲人的千尋平日便飽受他人注目，察覺男人色心的雷達也就特別敏感。

「振作一點！」

千尋用左手打了修平的臉頰一巴掌。

「好痛！」

修平像從夢中醒來似的，驚訝地眨著眼，此時電車關了門，開始出發。

彷彿要將他拉回殘酷的現實一般，遊戲製作人寄來了郵件。

「是啊，我現在可是賭命在玩這場遊戲呢。」修平喃喃自語。

「你剛剛好像在發呆，還好嗎？」

「我逃避了一下現實。」

「是嗎？歡迎回來，問題寄來了。」千尋的語氣稍微溫柔了一些。

修平點了點頭，打開了郵件。

寄件人：遊戲製作人

信件主旨：問題E－3

賭上性命來挑戰吧。

要是答錯的話，人質的腦袋就會砰砰砰砰砰被子彈打～爆。

□問題E－3

屬於鳥類中雉科的孔雀，擁有大片鮮豔裝飾羽毛的是下列何者？

①雄鳥　②雌鳥
請選擇其中一項回信給我~
時間限制：到電車抵達御茶水站為止。

「答案是雄鳥吧。」
「嗯。」修平內心雖然覺得無法接受，但還是附和了千尋。
「埼玉大志高中也是收到同樣的問題嗎？」
「郵件中是這麼寫的。」
修平冷淡地回答。
「那麼，這題他們也會答對囉？」
「應該會吧。」
「這樣我們不是輸定了？」
「是嗎？」修平的回答含糊不清。
「郵件裡不是寫說問題還剩下兩題嗎？就算我們答對了，只要大志高中也答對的話，就贏不了他們了。」
「我們再重讀一次郵件吧，或許某處有寫到遊戲勝負的關鍵呢。」

修平正想關閉郵件，「不行啦！」千尋便出聲制止。

「神田和御茶水之間的距離很短，時間馬上就到了。」

千尋一說完，車內便播放出「下一站是御茶水站」的廣播，沒時間了，只能回答正確答案，修平選擇了①雄鳥回信。

電車停靠御茶水站後，告知問題結果的郵件便隨之寄到。

寄件人：遊戲製作人

信件主旨：問題E-3的結果

正確答案。

你們應該已經知道這是怎麼一回事了吧。

在最後的問題之前，先下達指~令。

在四谷站換乘中央．總武線往三鷹方向的電車！

另外，使用電扶梯或電梯都是不行的~

你們還年輕，爬爬樓梯~吧。

「感覺怪怪的。」讀完郵件的修平說。

「哪裡怪？」

「有兩個奇怪的地方，第一個是關於電扶梯和電梯的事……」修平沒繼續講下去，他自己也不太清楚，無法確信究竟哪裡不對勁，只是對「不能使用電扶梯或電梯」這個注意事項感到納悶。

「我們在東京車站時搭了電扶梯，當時還沒有被禁止，遊戲製作人一定是在監視我們的時候，才第一次注意到有電扶梯的存在。」

「說不定只是忘了寫在郵件裡而已啊。」

「如果是這樣的話，忘了寫這則注意事項實在是太奇怪了。這個遊戲是設計來讓我們受苦的，故意讓我們這些成天讀書運動不足的人搬著沉重的行李，在樓梯上爬上爬下，還勉強我們喝酒，讓我們感到不舒服。遊戲製作人樂於見到我們露出這樣的醜態，既然如此，一開始就該寫到禁止使用電扶梯或電梯這件事了，為什麼會忘記這麼重要的禁止事項呢？」

「該不會他不知道有這種東西吧……」千尋說。

怎麼可能？不過，說不定真是如此。他當然知道這世上有電扶梯或電梯的存在，只是可能忘了車站月台上有設置這樣的東西。修平回想起進行多次的轉乘指令，第一次轉乘是在五反田站，從山手線外環電車換搭內環電車，由於是在同一個月台因此不需要上下樓梯，此外當時也還沒拉著沉重的行李箱。第二次轉乘是在上野站，指令要求他們前往不忍剪票口，那裡不曉得有沒有電扶梯，但由於樓梯就在剪票口前於是便加以使用。在品川站也是爬樓梯轉乘的，說不定那裡其實也有電扶梯，只是因為趕時間就爬了樓梯。到東京車站轉乘時時間比較充裕，所以才選擇搭電扶梯而非爬樓梯。

遊戲製作人是個平常沒有在搭電車的人，交通工具是汽車、機車或腳踏車，說不定他根本很少外出，可能是生病了，也可能是個繭居族，看他郵件中一副瞧不起別人的語氣，說不定他是個御宅族……修平對遊戲製作人開始有了一個朦朧的形象，他熟知電腦及智慧型手機，既然看了TY文化頻道的《高中猜謎王冠軍》，想必是住在關東地區，很有可能就住在東京。從他受到節目刺激的這點看來，他的年齡應該與修平相仿，是節目中的參賽者嗎？不，不對，如果他有參賽的話肯定會進入前八強，為什麼他沒來參賽呢？有許多可能的理由，說不定他找不到隊友，該節目規定要兩人一組參加，而遊戲製作人卻沒有朋友願意跟他組隊。可以想像他是個不合群的人，性格乖戾，家財萬貫，所以才不搭電車而使用汽車代步，恐怕手下還有司機或保鑣陪著吧。他是個性格扭曲的人，大概是男生，為何性格會扭曲呢？若是雙親離婚，應該不至於扭曲成這樣，會是因為金錢的因素嗎？例如手足間因為爭奪財產而陷入糾葛？這也是有可能，但應該有個更重大的原因。案件，對了，他一定曾經被捲入重大案件當中，跟修平差不多年紀，又是曾經被捲入重大案件的人物，該不會是……就在他腦中靈光即將閃現的瞬間。

「另一個奇怪的地方是什麼？」千尋卻提出了疑問。

修平的思考在絕妙的時機點被打斷，腦中閃現的靈光便消失了。

「喂，你有在聽嗎？」

雖然修平很想抱怨個幾句，但不知不覺間已經習慣了與她之間的互動。

「E－3的問題連千尋小姐都答得出來，很簡單吧？」修平說。

「你這是什麼意思！」千尋生氣了。

「沒什麼別的意思。」

「你的意思是，連我這種笨蛋也答得出來嗎？」

修平又被罵了。

「對……對不起。」

總之，先道歉為妙。

「我不要這種沒誠意的道歉。算了，繼續說吧。」

千尋說完，修平鬆了一口氣。

「擁有大片裝飾羽毛的孔雀是雄鳥，這是大家都知道的事，坂上他們一定也能答出正確答案，如此一來他們答對了十一題，而我們答對九題，剩下一題就無法逆轉了。」

「這我剛剛不是說過了嗎。」千尋鬧著彆扭，修平則無視於此繼續說道。

「一般而言，在這時間點我們就已經輸了，然而此時卻出現了指令，也就是說遊戲尚未結束。」

「我知道了！」

千尋大聲叫喊，周圍的乘客看了修平他們一眼。

「妳知道了什麼？」修平小聲問道。

「還用說嗎？當然是我們獲勝的方法啊。」

「什麼？」

「只要不讓敵隊搭上指定的電車就行了。」

千尋得意洋洋地說。

「妳是說去妨礙坂上隊，讓他們搭不上往三鷹方向的總武線電車嗎？」

「把在上野站時他們對我們做的事還治其人之身。」

她的腦袋也太單純了吧，況且現在坂上他們一定心生警戒，不可能成功的。

「不可能的！」修平大叫。

「說話別那麼大聲，很丟臉耶。」

妳也不想想自己剛剛……修平雖然想這麼說，卻把話吞了下去。現在吵架只是浪費時間，跟她說話只會更加離題，越來越難想出答案。

「還是別妨礙他們比較好。」

「為什麼？」

「要是失敗了，兩組都不能達成指令的話就會被爆死，此外，我們現在也還不算輸。」

車窗外出現了東京巨蛋，距離四谷站還有一點時間。

「我有個請求，可以聽我說嗎？」修平誠心說道。

「幹嘛？突然這樣畢恭畢敬的。」

「我想重看之前寄來的郵件和影像，稍微思考一下，到四谷站之前可以讓我靜一靜嗎？」

「啊，這個，什麼，啊，欸……」千尋連續吐出幾個簡短的單字，然後深深吐了一口氣說：「我知道了，你想集中精神思考是嗎？我就安靜待在一旁吧。」

「謝謝。」

修平說完便回頭讀起E－3的問題，總覺得哪裡怪怪的。

問題是：「屬於鳥類中雉科的孔雀，擁有大片鮮豔裝飾羽毛的是下列何者？」

答案選項有①雄鳥和②雌鳥，光看這裡並不奇怪，但是心中為何一直有種悶悶的感覺呢？是不是哪裡也出現了類似的答案？不如重讀其他問題吧。第一個問題是C－1，為什麼是從C－1開始問呢？修平曾想過可能是隨機選擇面板出題，但似乎並非如此，出題的順序好像有依循著某種規則，只要解開一個謎團，或許接下來就能一一迎刃而解了，然而最初的謎團至今仍無法解開。智慧型手機螢幕上顯示出問題C－1，修平開始讀了起來。

□問題C－1

下列選項中，哪個比較年輕？

①鰍魚　②鰤魚

答案是①鰍魚，是個平凡無奇的二選一問題。下一題又如何？

□問題C－2

以愛倫坡的小說《莫爾格街兇殺案》為始祖，解開犯罪或案件謎底的小說類型是？

①推理小說　②私小說

答案是①推理小說。C-1和C-2有什麼關聯性嗎?「鰍魚」、「鰤魚」、「推理小說」、「私小說」,實在想不出有什麼共通點。應該不會出到第二題就讓人解開謎團吧,繼續讀下個問題。

□問題C-3

大阪出身的樂團「射亂Q」的團長是誰?

①畠山　②淳君↑

正確答案是①畠山,但修平答錯了,瞬間中村仁志被射殺的影像掠過腦海,修平小看了遊戲製作人,沒想到他竟下得了毒手。不對不對,現在不是擔心仁志和大河的時候,連自己都命在旦夕了,還是集中精神思考問題吧。讀完C-1到C-3連續三題後只有一個想法,那就是問題並沒有統一的類型,C-1是動物,C-2是文學,C-3是演藝圈,而難度則都不算高。接著看下一個問題。

□問題EF-4

下列何者是漫畫家安達充老師的代表作?

①鄰家女孩　②金肉人

問題難度很低,而且EF-4這塊面板究竟是怎麼回事?

「啊!」

修平小聲驚呼，他發現了這些問題共通的關鍵。

「怎麼可能？」

繼續打開寫了下個問題的郵件。

□問題Ｄ－１

下列何者為代表夏天的季語？

①垂簾　②筆頭菜

再下一題是：

□問題Ｄ－２

下列何者為政府協助開發的意思？

①ＯＤＡ　②ＯＳＵ

正確答案是①ＯＤＡ，千尋還說：「我知道啊，就是那個歐達嘛。」

啊，原來如此，確實是這樣，找到答案之後一切就容易了。修平陸續打開郵件，加以確認。

□問題Ｄ－３

類比電話的線路分成兩種～

一種是撥號電話，那麼，另一種是什～麼？

①ＩＳＤＮ　②按鈕電話
□問題Ｅ－５
表示許多英雄勢力，在各地互相競逐的成語是什麼？
①群雄割據　②長幼有序
□問題Ｅ－１
下列何者為美國影藝學院金像獎的獎座？
①奧斯卡　②金獅
□問題Ｅ－２
這是關於星座占卜的問～題，四月五日出生的人是哪個星座？
①牡羊座　②天秤座
□問題Ｅ－３
屬於鳥類中雉科的孔雀，擁有大片鮮豔裝飾羽毛的是下列何者？
①雄鳥　②雌鳥
修平知道共通點是什麼了，接下來必須思考其中的意義。
「快到四谷站了。」
一旁的千尋說道。

2 四谷站（a.m.9:26）

抵達四谷站二號月台，修平和千尋在此下車，九點二十六分，距離遊戲製作人指定轉乘的電車還剩下三分鐘的充裕時間，由於指令規定不能搭手扶梯，因此兩人朝樓梯方向前進。修平的左手用力牽著千尋，坂上俊也和新井麻衣子稍微隔著一段距離緊跟在後。

「那兩人似乎在警戒著我們。」

一直回頭張望的千尋說。

「說不定情況相反，該保持警戒的應該是我們。」

「這話是什麼意思？」

千尋瞪大了眼睛提問，修平只說了「快走吧」便繼續前進。

「你是說那兩人有可能會再來妨礙我們？」

修平輕輕點了頭。

「為什麼？只要他們最後一題沒答錯，我們就肯定會輸的啊。」

「不對，雖然我還沒完全解開謎團，不敢隨便斷言，但勝負尚未分曉……應該吧。」

坂上他們是否也解開了謎團呢？他們兩人是《高中猜謎王冠軍》的亞軍，和獨自思考的修平相較，知識應該更加豐富，他們應該已經發現了，只要不解開謎團就無法贏得遊戲。既然如此，使用暴力不讓對方搭上指定電車，或許就是能夠確實獲勝的方法吧。

奇怪，這不就是千尋的建議嗎？她的想法看似簡單，說不定其實大有玄機呢。

爬上階梯的修平和千尋橫越了剪票口，繼續爬下前往第四月台的階梯，準備搭乘中央．總武線三鷹方向各站停車的電車。坂上隊也在不久後抵達，此時修平隊已走到了月台的中段，就乘車位置等待電車到來。修平環顧四周，並沒有什麼可疑的人物，然而他們一定被跟蹤了，修平有被監視的感覺。電子時刻表映入眼簾，話說回來，為什麼沒有報導那則新聞呢？

「仔細想想，不覺得奇怪嗎？」修平彷彿自言自語般提出疑問。

「拜託，我又不是超能力者。」

千尋這句天外飛來一筆的回話，讓修平忘了原本要講些什麼。

「為什麼會突然提到超能力者？」修平壓抑不耐的情緒問道。

「修平你啊，真是個只顧自己的人。」

「我知道，常有人這麼說，可是剛剛我做了什麼事，為什麼會被妳說成是只顧自己呢？」

「真麻煩，我就一一向你說明吧。」

覺得麻煩的到底是誰啊，修平在心中吶喊著。

「修平，你的頭腦中間突然想到什麼，就會直接講出來對吧？可是這樣對聽話的人而言是很唐突的。」

千尋稍微暫停了一下，然後學修平的語氣說：「仔細想想，不覺得奇怪嗎？」修平忍耐了下來，跟她吵架只是浪費時間而已，捺住性子聽下去才是上策。

「就算你跟我這麼說，但對我而言實在太突然了，我也不明白你在說什麼。如果我是超能力者，就可以得知修平你心中的想法，知道是什麼突然閃現的領悟讓你說出這句話，但遺憾的是我並沒有這種能力，為了讓我能夠理解，請你好好說明一下。」

原來如此，所以才會突然說出超能力者這個辭彙。

「雖然無關緊要，但是『頭腦中間』太過累贅，只要講『腦中』就可以了。」

修平說完，千尋瞪了他一眼。

「好啦，回到正題。」

「請說。」千尋語帶酸意地說。

「我們不是目擊了京濱東北線的頸環炸彈爆炸事件嗎？」

「是啊。」

「為什麼沒有造成騷動呢？」

「或許在我們不知道的地方已經亂成一團了吧。」

「一般會在車站或電車裡公告才對啊，另外，京濱東北線也應該停駛了，這件事也會公告才是。」

「消息還沒進來啦。」千尋回答。

「不，不對，爆炸之後已經過了一個小時，經過這麼長的時間，就算上電視新聞也不奇怪，然而這裡卻像什麼事情都沒發生過一樣。」

「那該不會是幻覺吧？」

「那絕對是發生在現實中的事件，雖然我喝了啤酒，但意識還很清醒，確實發生了爆炸案。」修平斷言。

「說得也是……」

「只有可能是隱蔽事實，不對，這詞用得不正確，限制報導？威脅？該怎麼用正確的辭彙表達這個狀況呢……」

修平思索了起來。

「用什麼辭彙不重要啦，究竟是怎麼回事？」千尋不耐煩地說。

「可能是犯人威脅不能走漏爆炸的消息。」

「請仔細說明一下。」

已經夠仔細了吧，修平雖然想這麼說，但對她生氣就像對牛彈琴、緣木求魚、海中撈月一樣白費力氣，況且修平也並不討厭統整自己的思考，並用言語說明這件事。

「遊戲製作人引爆京濱東北線的頸環炸彈後，便向警察提出犯罪聲明，告訴他們還有其他同樣戴著頸環炸彈的人坐在電車上，如果不當作什麼事都沒發生，照常營運電車的話，就要引爆那些炸彈。」

「其他人是指我們嗎？」

「沒錯。」

「這起案件還真是大手筆啊。」

聽了千尋欠缺緊張感的回答，修平幾乎要洩了氣，她就像自己最討厭的洩了氣的碳酸飲料一樣。這起事件綁架了八個遊戲參賽者以及三個人質，大家的性命都受到威脅，不論是誰都會覺得是起大案件吧。正當修平想要酸意十足地向千尋說明時，中央．總武線往三鷹方向的電車駛進了月台。

3 中央・總武線・三鷹方向（a.m.9:29）

上了電車之後修平環顧四周，拉著千尋的手坐到空位上，平常他會嫌麻煩而站在車門旁，但現在身體和頭腦十分疲憊，而且郵件也才調查到一半。電車駛出四谷站，朝信濃町站前進。

修平操作著智慧型手機，打開顯示面板的ＡＰＰ，如座位表般的面板共有Ａ至Ｆ列共六排，第一列為Ａ－１到Ａ－４，第二列為Ｂ－１到Ｂ－４，第三列則增加了一個席次從Ｃ－１到Ｃ－５，第四列為Ｄ－１到Ｄ－５。第五列規則變了，從Ｅ－１到Ｅ－３都和Ｃ、Ｄ列一樣，然而接著卻與第六排的Ｆ列連在一起，變成了ＥＦ－４，其後又再恢復原狀出現了Ｅ－５。最下排的Ｆ列和Ｅ列相同，先是Ｆ－１到Ｆ－３，然後是和Ｅ列相連的ＥＦ－４，最後右邊角落是Ｆ－５。已經出過題目的面板變成了藍色。

一開始修平以為是像《面板猜謎25》節目那樣的規則，但似乎並非如此，和《猜謎搶答王》也不一樣，這是遊戲製作人想出來的原創遊戲。修平仔細看著面板，腦中似乎閃過什麼東西，他曾經看過類似排列的物品。猜謎問題的答案是二選一，裡頭藏了某個關鍵字，既然如此……

這些面板就是那樣東西！

電車減速，駛入了信濃町站的月台。

「你是不是知道了什麼？」

千尋在一旁說著，她的第六感真是十分敏銳，該不會真的有超能力吧？

「我們能存活下來嗎？」

「還不知道，要看下一個問題而定。」

「如果我們答對下個問題，大志高中也答對的話，不就輸了嗎？」

「並非如此。」

修平有不祥的預感，遊戲製作人應該料到修平他們現在的狀況了，這一切絕非偶然，難道遊戲製作人的目標只有修平一人？既然如此，最後應該會準備一題難題吧。

「剩下一題，應該是從F－5出題才對。」

修平說完，便傳出了郵件寄達的鈴聲，最後一個問題寄來了。

寄件人：遊戲製作人

信件主旨：問題F－5

賭上性命來挑戰吧。

這是最後的問題囉～

要是答錯的話，內川光太郎的腦袋就會砰砰砰砰砰被子彈打～爆。

□問題F－5

下列何者是撰寫電視劇《3年B班金八老師》的劇作家？

①小山內美江子　②山田太郎

請選擇其中一項回信給我～

時間限制：到電車抵達新宿站為止。

電車停靠信濃町站，乘客下車。

認真讀著問題的修平低聲說道：「果然是個難題。」

「我知道喔，金八老師的作者是小山內美江子。」

千尋得意地說。修平也知道問題的答案，但他所謂的難題並不是這個意思，而是更艱難的抉擇。

「山田太郎是誰？」

「是《大飯桶》啦。」

修平怒氣沖沖地回答了千尋的問題，其他如《貧窮貴公子》等漫畫裡也有名叫山田太郎的角色出現，但修平喜歡的是棒球漫畫《大飯桶》中的主角山田太郎。

「妳不覺得F－5的問題跟之前的不太一樣嗎？」

「是嗎？」千尋絞盡腦汁想了又想。

「之前的問題，時間限制都是到下一個停靠的車站為止，這一次卻選擇了三站後的新宿車站。」

「下站是千駄谷站對吧。該不會是他搞錯了，以為我們搭的是快速電車？搭乘中央線快速的話，四谷站的下一站就是新宿站喔。」

「不是這樣。」修平沒有多加解釋。

「一定是陷阱，快到新宿站的時候手機會收不到訊號，到時候郵件會寄不出去，他是想害我們超過時間仍未作答。」

「同樣的招式騙不到我第二次的，但我還是會小心。」

千尋的意見都派不上用場，看來她只是第六感很敏銳罷了。

「把時間限制延長到新宿站，恐怕目的是為了盡量延長令我痛苦的時間。」

「他還想讓你更痛苦？」

「似乎還不夠吧。」

電車駛出信濃町站，下一個停靠的是千駄谷站，然後依序是代代木站、新宿站。如千尋所言，新宿站周邊可能都收不到訊號，因此出了代代木站之後必須立刻回答，否則會有危險，修平得要在那之前做出決斷才行……

千尋看著修平煩惱的樣子，對他說：「答案不是①嗎？」

「是這樣說沒錯，但如果選了①，我們就會輸給坂上他們。」

「咦，所以要選②才會贏嗎？」

「恐怕是的……」

閃爍其詞的修平，打開了面板ＡＰＰ。

「咦？」

看了螢幕上顯示的面板之後，千尋驚呼出聲，之前像座位表般的表格裡只寫了英文字母和數字，現在出題過的格子不但變成了藍色，還寫了細小的文字在其中。這情形看了連修平都稍微吃了一驚，看來程式是設計成寫著Ｆ－１問題的郵件一寄到，就變更為現在的顯示方式吧。

「這畫面應該可以放大吧。」

修平將畫面中Ｃ－１的格子用拇指和食指拉開放大，問題答案選項「①鰍魚　②鰤魚」的文字變大了，修平隊所選擇的　①鰍魚被方框圍住。修平用手指向左滑，移到C-2的格子中，出現了「①推理小說　②私小說」的文字，和C-1相同他們選擇的①推理小說一樣被框了起來。螢幕上顯示出至今為止的問題選項和回答。

C-1　①鰍魚　②鰤魚
C-2　①推理小說　②私小說
C-3　①畠山　②淳君♂
D-1　①垂簾　②筆頭菜
D-2　①ODA　②OSU
D-3　①ISDN　②按鈕電話
E-1　①奧斯卡　②金獅
E-2　①牡羊座　②天秤座
E-3　①雄鳥　②雌鳥
EF-4　①鄰家女孩　②金肉人
E-5　①群雄割據　②長幼有序
F-5　①小山內美江子　②山田太郎

「一開始我以為只是一般的猜謎，然而這些答案裡卻有共通的關鍵字在其中。」

修平說完將視線移往千尋身上，她卻一臉驚訝，連修平這個高中猜謎王冠軍都沒辦法立刻察覺，她搞不懂也是正常的。
「提示就在D－2，千尋小姐，D－2的答案ODA妳當初是怎麼讀的，還記得嗎？」
「D－2？」
「對，D－2的答案。」
千尋歪著頭回答：「不記得了。」
「我還記得，你把O．D．A讀成了歐達，這就是提示。」
說了這麼多，千尋還是一樣呆在那邊。
「只要把錯誤答案OSU黏在一起唸就知道了，②不是O．S．U，而是按下（オス）的意思，我就是在這裡發現的。」
「我還是不知道你發現了什麼。」千尋臭著臉說。
「問題的答案都藏著『按下』（オス）或『不按』（オサナイ）的關鍵字。C－1我們選擇的答案是①鰍魚，牠是幼魚的一種，也就是幼小（オサナイ）的魚，換句話說，這裡隱藏的關鍵字就是『不按』。C－2我們選擇了①推理小說這個答案，推理的推（オス）也是『按下』的意思。」
「C－3的射亂Q團員①畠山和②淳君♂都是男生（オス），也就是『按下』的意思囉？」

「按照性別來說是這樣沒錯，但淳君♂名字最後多了一個雄性♂（オス）的符號，也就是代表『按下』的意思。D－1的①垂簾也可以說成小簾（オス），因此也是『按下』的意思。」

「D－2的②OSU（オス）是『按下』的意思嘛。」

「D－3的②按鈕電話代表『按下』的意思。同樣EF－4的①鄰家女孩（原名：Touch）有『按下』的意義在其中，因此也藏了『按下』的關鍵字。」

「E－1是①奧斯卡（オスカー）裡頭藏了『按下』（オス）囉？」

千尋半信半疑問道。

「這題應該算送分題吧。」

如果脖子上沒有圈著炸彈，說不定可以更早答出來的，讓遊戲製作人得逞，修平覺得很不甘心，不過還有挽救的機會，他不會讓遊戲就這樣結束的。

「E－2的選項是①牡羊座和②天秤座。」

「牡羊座是公（オス）羊的意思。」

「沒錯，所以也藏了『按下』的關鍵字在其中。E－3的選項是①雄鳥、②雌鳥，當然①雄（オス）鳥代表的是『按下』囉。E－5的選項為①群雄割據、②長幼有序，

①群雄的雄（オス）代表『按下』。」

「接下來就是現在的問題了。」千尋插進來說道。

「F-5的題目是詢問『3年B班金八老師』的劇作家，選項有①小山內美江子、②山田太郎，①小山內（オサナイ）美江子藏了『不按』的關鍵字在其中。」

「究竟『按下』和『不按』這關鍵字有什麼意義呢？」

「就是字面上的意思，『按下』和『不要』，我首先想到的是電腦鍵盤，然而如果把那片面板當成電腦鍵盤來看的話，鍵數又太少了。此外，妳想想遊戲製作人的郵件，他說『遊戲由數字較大的一方獲勝，連小學一年級學生也會玩吧』，最教人納悶的是限定『小學一年級學生』這件事，一般應該會寫『連小學生也會玩』吧？限定為『小學一年級學生』，一定有其意義。」

電車停靠在千駄谷站，所剩時間不多，修平繼續加快腳步說明。

「想想小學一年級學生也能回答的數學問題，答案就出來了。」

「簡直是算數嘛。」

「沒錯，就是算術，遊戲製作人在郵件裡不是這麼寫著嗎：『如果蒜市沒有成立，就布行～了』，那是他故意選錯字，正確的字是：『如果算式沒有成立，就不行～了』，也就是說算式沒有成立就會失去資格。」

「我還是不懂。」

「到目前為止還沒說到重點，問題就在那個面板身上，這台智慧型手機的系統經過改造，幾乎沒有什麼APP可用，然而卻有一個毫無關聯的APP可以使用。」

「可以用電子計算機。」

「那些面板就是按照計算機配置的，將面板和計算機重疊在一起，就會發現C-1是計算機的『7』，C-2是『8』，C-3是『9』，D-1是『4』，D-2是『5』，D-3是『6』，E-1是『1』，E-2是『2』，E-3是『3』，EF-4是『+』，E-5是『-』，F-5是『=』。」

電車駛離千駄谷站，千尋皺著眉頭，試圖想理解修平說的話。

「也就是說我們一邊在回答問題，一邊要選擇『按下』或『不按』計算機上按鍵，最後要得出一個最大的數字，是嗎？」

「然後，由數字較大的一方獲勝。」

「可是讀到最後一個問題才了解遊戲的玩法，這樣根本不可能順利做出選擇嘛。」

「那可不一定，如果直覺夠敏銳的話，從C-1選項的『鰍魚』、C-2的『推理小說』、C-3的『淳君♂』就能察覺關鍵字是『按下』或『不按』了，然後第四題ＥＦ－４的答案是『鄰家女孩』，到此便能得出答案。面板ＡＰＰ、『按下』與『不按』的關鍵字、郵件中寫到的『數字較大的一方獲勝』，集結這些提示，便知道是用計算機計算出較大數字的隊伍獲勝。」

「聽了你的說明，我還是不能接受。」千尋噘著嘴說。

「猜謎就是這麼回事。」

「那麼我們的數字是多少？」千尋問。

「來計算看看吧，我解說給妳聽，認真聽好了。」

「什麼嘛，又在那邊自以為了不起。」

修平打開計算機ＡＰＰ，試圖精簡說明。

「Ｃ－１是計算機的『７』，選擇『鰍魚』代表不按『７』。

Ｃ－２是計算機的『８』，選擇『推理小說』代表按下『８』。

Ｃ－３是計算機的『９』，選擇『淳君♂』代表按下『９』。

ＥＦ－４是計算機的『＋』，選擇『鄰家女孩』代表按下『＋』。

Ｄ－１是計算機的『４』，選擇『垂簾』代表按下『４』。

Ｄ－２是計算機的『５』，選擇『ＯＤＡ』代表按下『５』。

Ｄ－３是計算機的『６』，選擇『按鈕電話』代表按下『６』。

E－5是計算機的『一』，選擇『群雄割據』代表按下『一』。

E－1是計算機的『1』，沒有回信成功代表不按『1』。

E－2是計算機的『2』，選擇『牡羊座』代表按下『2』。

E－3是計算機的『3』，選擇『雄鳥』代表按下『3』。

這樣計算之後是89+46-23=112。」

「大志高中隊如何？」

「他們在問完第十題時全部都答對了，第十一題E－3答案不明，如果他們選擇『雄鳥』的話，8+46-123=-69，選擇『雌鳥』的話，8+46-12=42。」

「咦？」千尋的眼睛瞪得又圓又大。

「再這樣下去我們就贏了。」

「太好了，真幸運。」

「不是這樣的！」

修平嚴厲喝止了開心的千尋。

「我們不是贏了嗎？」

「還剩下最後一個問題F－5。」

「也對，得趕快回答才行。」

電車停靠在代代木站，由於新宿周邊收訊不佳，得早點回信才行。

「郵件中不是寫了算式沒成立就不行嗎？」

「那是什麼意思？」

「＝沒按下去的話就代表算式不成立。F－5的正確答案是①小山內美江子，但是如果回答正確答案就等於選擇『不按』，這樣算式便不會成立，要成立的話得選擇②山田太郎才行。」

「這麼一來問題就算答錯，也就是……」

接下來的話千尋說不出口，靜默了下來。為了讓自己存活下來必須選擇②，但這也就表示內川光太郎將被殺死。

電車從代代木站出發了，時間已經不夠，必須做出選擇。修平無法下手殺死光太郎，不回答就代表算式沒有完成，輸了頸環炸彈就會爆炸，屆時光太郎應該會被釋放吧。到底該怎麼辦呢？這種時候光太郎一定會這麼說吧，他一定會說「殺了我」，他就是這種人，所以修平更殺不下手了。如果要問誰活得久對社會比較有幫助，答案肯定是光太郎，但是我也還不想死啊。

「千尋小姐，對不起，我無法下手殺光太郎。」

「咦？」

修平選了「①小山內美江子」，而千尋也沒阻止他，或說根本來不及阻止。然而就在下個瞬間，發生了不可置信的事。

「為什麼？」

修平明明選擇的是①，螢幕上卻顯示選了「②山田太郎」，該不會是手指發抖，以為自己按了①卻按到②？不可能，修平按的是①，雖然只有一瞬間但他確實確認過了。

為什麼會這樣？

唯一的原因只有系統了，這台智慧型手機的系統被改造過，因此發生這樣的事情也不奇怪，只有問題F－5不論點了哪個答案，系統都會選擇「②山田太郎」。

電車抵達新宿站，修平和千尋都說不出話來，啞口無言，此時遊戲製作人的郵件寄來了。

寄件人：遊戲製作人
信件主旨：問題F－5的結果

答案錯誤。

剩下的人質要死～了，不過猜謎遊戲到此結束。

大加薪苦了～

等等會發表進入決賽的隊～伍。

成績請到面板去雀刃。

到了這個地步遊戲製作人的郵件還是一樣胡鬧。

「究竟會怎麼樣？」千尋無力地提問。

「先看看面板吧。」

修平打開面板APP，螢幕上顯示的不是面板而是計算機APP，如座位表般的記號和數字已經消失，變成：

第一列從左起為	+／−	DEL	CD	C／CE	
第二列從左起為	CM	RM	M−	M+	
第三列從左起為	7 不按	8 按下	9 按下	√	÷
第四列從左起為	4 按下	5 不按	6 按下	%	×
第五列從左起為	1 不按	2 按下	3 按下	+ 按下	− 按下
第六列從左起為	0	00	・		= 按下

雖然推測正確，修平卻一點也開心不起來，如果是要他搏命參加猜謎或遊戲，他隨時願意奉陪，但不要連累其他無關的人。中村仁志、石橋大河，兩位無可替代的朋友都被殺死，連摯友光太郎也即將喪命，或甚至有可能已經被殺了。

都是因為上了那個電視節目的關係……不對，不需要責備自己，一切都是遊戲製作人這個腦子壞掉的人害的，進行這種無聊的遊戲到底哪裡有趣了？修平不甘心到胸口都快炸裂了，平常喜怒不形於色的修平，現在卻想大聲吼叫，可是到底該對誰吼呢？對象是誰都可以，負責監視的人應該躲在某處，而且想必有裝設器材偷拍和竊聽吧，修平突然站起，被手銬銬著的千尋也被拉了起來。

「遊戲製作人，給我滾出來，和我當面決個勝負！」修平大聲叫喊。

車內依舊鴉雀無聲，其他乘客都假裝沒看見修平。

「你怎麼了？」千尋質問修平。

「我沒事。」

修平狠狠說完便坐了下來，千尋也慌張坐下。

「這是怎麼回事？」

面對堅持追問的千尋，修平像個任性的孩子說：「煩死了，我說沒事啦。」女孩子就是這麼難搞，男人偶爾也是需要突然吼叫一下的。

「我的心情也跟你一樣。」

「咦？」

修平看著千尋的臉，她咬緊了嘴唇。

遊戲製作人寄來了郵件，該不會有附加光太郎被射殺的影像吧？修平覺得很害怕，第一次收到這麼可怕的郵件，雖然不想讀，但裡頭可能寫了指令因而不得不打開，畢竟他們自己的性命也危在旦夕。修平深深吸一口氣，然後下定決心打開郵件。

寄件人：遊戲製作人

信件主旨：遊戲結果

高中猜謎王冠軍隊：89+46-23=112

埼玉大志高中隊：8+46-123=-69

遊戲由數字較大的一方獲勝。

獲勝的是高中猜謎王冠軍隊。

恭喜，你們可以進入決賽了。

在中野站下車，要轉搭九點五十六分發車的中央線特別快速・高尾方向電車唷。

信中沒提及光太郎的安危，他一定很樂於看見修平焦急的樣子吧，修平雖然擔心，但也無計可施，只能繼續照遊戲製作人的話去做轉乘電車了。還有另一個令人不安的地方，郵件中寫著進入決賽，表示遊戲還沒結束，還要繼續對戰下去。決賽的對戰對手是誰呢？腦中唯一能想到的是……修平往千尋的方向看，兩人四目相交。

「看什麼啦。」千尋話中帶刺。

「那是我的台詞。」

雖然嗆了回去，但修平的語氣一點也沒有魄力。

「我是因為感覺到修平你的視線才回頭過去的，怕你該不會又想用色色的眼神偷看我的胸部了吧。」

誰要看妳的胸部啊。不過被這麼一說之後，修平就不由自主地朝她的胸部看去，為什麼在這麼緊張的時候還會這麼做呢？難道色心所向無敵，連憤怒或恐懼都戰勝不了？修平的視線下意識地移往了千尋的胸部。

「看吧，你在看了！」

「不對，沒有這回事。」

修平無可奈何只好低下頭去，千尋也沒有繼續刁難他，她也很擔心光太郎。

光太郎現在究竟如何？雖然知道再怎麼想也無濟於事，但就是無法不去想他的處境。他已經被殺了嗎？遊戲製作人為什麼沒傳影像過來？該不會……聰明的光太郎已經把握時機逃走了，所以才沒傳來影像？一定是這樣的，希望真是如此。

兩人暫時持續了一段沉默。

「遊戲似乎還沒結束呢。」千尋低聲說道。

「是啊。」

「接下來又要做些什麼？」

「郵件中寫著要我們進入決賽，至少會對戰一回合吧。」

「還有一回合。」千尋複誦著這句話。

修平點了點頭。

「對手會是誰呢？」

雖然還不能確定，但對手可能就在隔壁。

「我不清楚。」修平說了謊話。

看著千尋毫無敵意的表情，修平實在說不出口兩人可能對戰的事實。如果問修平覺得怎樣的人最棘手，他會立刻回答「天真爛漫的人」，不論她是隊友還是敵人，都十分令修平苦惱。

電車停靠大久保站、東中野站之後，停在中野站。修平右手拉著行李箱，左手牽著千尋下了電車。

4 中野站（a.m.9:45）

下了電車來到中野站第一月台，修平和千尋走下電車後方的階梯，沿著聯絡道路行走，輸了遊戲的坂上和麻衣子走在前方，修平和千尋自然與前面兩人保持著距離。要是坂上他們的頸環炸彈在這裡引爆的話會是什麼情形？久我葉月和辻正彥的頸環炸彈爆炸時，修平他們正坐在並行的電車之中，當時爆炸後車內被煙霧籠罩，看不清楚兩人的下場，但是如果在這裡爆炸的話……坂上的頭可能會當著他們的面前滾到地上。雖然不願去想像，但腦中自然就描繪出這樣的光景，修平輕輕搖搖頭，彷彿想把令人不快的想像從腦中甩出，然而，走在前方的坂上和麻衣子卻消失了。

「奇怪？」

修平停下腳步。

「怎麼了？」

千尋向停下不走的修平問道。

「消失了。」

「什麼消失了？」

千尋在一旁歪著頭。

「坂上他們剛剛不是走在我們前面嗎？」

「啊？」

千尋打從心底發出驚叫聲，修平將走在眼前的坂上和新井麻衣子瞬間消失一事，向千尋說明。

「你是在耍我嗎？」

千尋不知為何生了氣。

「我是說，剛剛走在我們面前的坂上他們……」

「那兩個人爬上階梯了啦。」

「咦？」

修平和被手銬銬在一起的千尋小跑步到階梯前抬頭一看，牽著麻衣子的坂上正提著沉重的行李箱，爬上通往第三、第四月台的階梯。

「是嗎，原來只是爬上階梯而已啊。」

修平覺得自己像個丑角，如此失態簡直是三流喜劇演員的橋段，或是無名的綜藝節目作家。

「快點走吧。」

被千尋這麼一說，修平繼續邁出步伐朝中央線快速第六月台前進。

「他們要去哪裡呢？」

修平回頭看了一下坂上他們爬上的階梯，第三、第四月台是東京地下鐵東西線往大手町．西船橋方面電車的乘車處。

「坐地下鐵？」

東京地下鐵東西線從中野站出發後，會經過落合、高田馬場、早稻田、神樂坂、飯田橋、九段下、竹橋、大手町、日本橋等東京的中心部位，遊戲製作人該不會是想在地下鐵引爆頸環炸彈吧？不過，地下鐵有些地方收不到手機訊號，根據遊戲製作人郵件中寫的，有人質作威脅的只有修平這一隊而已，既然如此坂上他們就有機會逃走了，只要在沒有訊號的車站逃跑即可，雖然曾有消息指出東京都內地下鐵所有站內都能收到行動電話的訊號，但一定有死角的。剩下的就是監視人了，只要逃進車站的辦公室內，對方應該不會追過去吧，但在逃跑的過程中炸彈不會爆炸嗎？另外還有一個問題，運動神經很差的坂上，有辦法帶著用手銬銬在一起的新井麻衣子逃離監視人嗎……似乎有點困難。

「光太郎還沒被殺。」修平低聲說。

「你說的是真的嗎？」

千尋一邊沿著通道走，一邊詢問。

「雖然無法斷言，但如果是我和千尋小姐的話……」

修平上下打量了千尋的身體一番。

「你、你幹嘛……」

「千尋小姐妳運動神經會很差嗎？」

「我想，應該算普通吧。」

她的胸部雖大但身材並不胖，腿也十分修長，看起來就像是擅長運動的樣子。

「怎樣啦！」千尋不耐煩地說。

「限制我們行動的不是頸環炸彈，而是人質。」

「你是想說炸彈並不可怕嗎？」

「沒錯，我之前也說過了，這個炸彈除了有定時裝置之外應該還能靠無線電控制引爆，但只要在收不到電波的地方就逃得掉。」

「之前也聽你這麼說過。」

「當時我想到的是在上野站或東京站逃跑，但其實有個更容易的地方。」

「哪裡？」

「就是新宿，那裡不是連行動電話都收不到訊號嗎？高樓大廈這麼多，電波傳輸的狀態一定很差，有太多無線電控制不到的地方了，要逃的話就選新宿。」

「可是，會被監視人阻止的，現在也有人從背後看著我們。」

被千尋這麼一說，修平立刻回頭，沒有看見什麼可疑人物……

「我的身材長成這樣，而且也還稱得上是個美女吧，我常遭到跟蹤狂或是要來搭訕的人偷看，因此對視線變得特別敏感，彷彿像背後長了眼睛一樣，所以我很清楚後面一直有人跟蹤我們。」

這番說明還真意外地有說服力。

「要甩掉監視人並不困難，在轉乘移動的過程中逃到車站辦公室即可，只要不是超級運動白痴就能逃出去，只不過問題是……」

「人質是吧？」

「沒錯。」語畢，修平停頓了一下便大聲地說：

「妳敢殺了光太郎試試看，我們就會逃跑的！」

「你是在對我說話嗎？」

千尋露出一臉驚嚇而手足無措的表情問道。

「我是在對竊聽我們對話的遊戲製作人說。」

「咦？我們有被竊聽嗎？」

「當然有啊。」

跟千尋說話真是不對盤，她老是打亂修平的思緒，如果可以的話真想換個隊友，但這個願望想必是無法實現的吧。

「可是，我們已經逃不了了吧。」她又說了一句廢話。

「為什麼？」

「因為我們接下來不是要搭中央線嗎？所有車站都在地面上，沒辦法逃到電波無法傳輸的地下站去了。」

千尋滔滔不絕說著對遊戲製作人有利的資訊，還加上「對了，荻窪站有丸之內線經過，但是特別快速列車並不停靠」這一點。

修平覺得瞠目結舌，這種程度的資訊遊戲製作人肯定早就知道了。

「還有別的方法可以逃走。」

淡定的修平提著行李箱爬上階梯，被手銬銬在一起的千尋也跟著上去。

5 中央線特別快速‧高尾方向（a.m.9:56）

房間裡所有的螢幕都播放著藏在修平頸環裡攝影機的影像，看著特別快速電車內的情形和窗外流動的風景，彷彿就像在坐電車一樣。一般的快速電車駛出中野站後將停靠高圓寺站、阿佐谷站、荻窪站、西荻窪站、吉祥寺站、三鷹站等，雖名為快速電車，但其實從中野站開始便各站停靠。然而，特別快速電車出了中野站之後，會跳過五站直接停靠到三鷹站，速度是快速電車無法相提並論的，令人心曠神怡。類喜歡看時刻表，並不是喜歡搭電車，反而其實覺得厭惡，因為這會讓他想起十二年前那件討厭的事件。要是沒發生過那件事，就不必玩這個愚蠢的遊戲，也不必度過這樣的人生了。

「……並不是這樣的。」類自言自語。

既然沒體驗過別人的人生，便不知其樣貌，總之那起事件確實發生了，過去無法改變，接續過去的現在也改變不了，可能連未來也一樣無法改變吧，這就是命運。

「你不看看埼玉大志高中的影像嗎？」

山崎從背後小心翼翼地出聲提示。

「他們也在努力奮鬥中，說不定會讓他們逃出去喔。」

類對其他隊伍沒興趣，唯有朝倉修平一人充滿魅力，他不合群、傲慢且獨斷、任性又厚臉皮，就是那種會踩朋友的腳吸引對方注意的人。修平本人聽了這番話一定會否定，但他實際上就是這種人，而類則喜歡這樣的修平，他喜歡這樣的一個人。類是被那起事件扭曲了性格，但像修平這樣在幸福家庭裡長大的孩子竟也能扭曲成這樣，簡直可以說是奇蹟，因此類很想捉弄修平，想跟他分享自己的恐懼和憤怒。

「地下鐵的影像不是不太清楚嗎？」

「經常看不見影像。」

山崎充滿歉意地說。

「既然如此就沒必要看了，就讓那些喪家犬自己去玩吧。看看這螢幕，中央線傳來的畫面多麼鮮豔，在地上收訊狀態真好……如果再晚一點的話，是不是能看見滿開的櫻花呢？」

類遺憾地說。中央線沿途有幾個賞花景點，從電車中也能看見滿開的櫻花。

「電車果然很棒。」

雖然矛盾，但人類就是這樣充滿矛盾的生物，類喜歡時刻表，但討厭電車，然而上下左右被輕輕搖晃的車內影像包圍時，內心又興奮不已，那兩人應該也是同樣的心情吧……螢幕上沒有拍到修平，只能平空想像他坐在電車上的樣子，他應該正不甘心地皺著眉頭吧，這也是一件好事，不甘心和焦急的心情都是貨真價實的刺激。

「該拿內川光太郎如何是好？」

山崎打斷了類的思考，提出疑問。

「啊，還有這件事啊。」

「要是殺了他，朝倉修平可能會逃走喔。」

「可是規則就是規則。」

「那麼……」

「只好殺了他。」

類毫不遲疑地說。

「我明白了，這也是沒辦法的事。」

山崎不擅長隱藏自己的情緒，從口氣中聽得出他的不滿，正當他鞠完躬準備走出房間時，「等等。」類突然從背後叫住了他。

「什麼事？」

「接下來會有點無聊吧？」

「下個活動要等他們抵達高尾站後才會開始。」

「那麼我也在此休息一下吧。」

「需要監看螢幕嗎？」山崎問道。

「麻煩你了，在我回來之前還不要殺害內川光太郎，只要不告知他平安與否，那兩人應該不會輕舉妄動吧。」

「是嗎？」

山崎心生警戒，雖然他辭去警察職務已經十年以上的時間，但他相信自己看人的眼光沒有走樣，修平他們比想像中的還要難纏。

「如果他們做出奇怪的舉動再通知我。」

類走出了房間。

中央線特別快速電車經過阿佐谷站，雖然修平贏了遊戲，但心中並不是滋味，他不喜歡這種被遊戲製作人玩弄於股掌間的感覺。難道沒辦法向他報一箭之仇，扭轉形勢嗎？他絞盡腦汁，想不出什麼好辦法，既然如此不如玉石俱焚試試看吧。

「我們來打電話吧。」

「咦？」千尋懷疑自己聽錯了。

「在《猜謎$百萬富翁》的節目裡不是也能用電話求救嗎？」

修平明知道自己被竊聽，還是故意講出了這些話，同車廂內或許也有監視人在吧，他想試著做些行動，看看對方的反應。

「可是，炸彈怎麼辦？」

「妳不覺得一直聽他們的話很不是滋味嗎？」

「別在那邊耍帥好嗎？」

修平用眼角餘光看著千尋，要是隨便亂來而被爆死的話，一定要向她謝罪。遊戲製作人有沒有可能毫無警告，突然引爆炸彈呢？十分有可能如此。修平已有所覺悟，送出猜謎最後一題的答案時他便下定決心，當作那時已死過了一次。不過，有可能連累千尋這件事仍令他心痛不已……要是兩人都被殺死，修平做鬼也會向她道歉的。修平點了智慧型手機上電話的圖示，螢幕顯示出數字排列的鍵盤。

「你要打去哪裡？該不會打給警察吧？」千尋問道。

「才不會做那種蠢事呢，我要打電話回家，我們有可能會就這樣死去，既然如此，我想向爸媽說聲謝謝，感謝過去養育之恩。」

修平示弱了，不像他平常會做的事，千尋露出一副困惑的表情。

「不必擔心，我們沒有違反規則。」

「是嗎？」千尋瞪大了眼睛說。

「郵件中所寫到的禁止事項，只有不能將現在的狀況告知他人，還有只能跟隊友說話而已，雖然透過電話跟別人說話是違反規則的，但光是撥出而已並不成問題，對方如果接起來的話只要什麼都不說掛斷就好。」

「這樣你怎麼跟爸媽道謝？」

平常發言總是天馬行空的千尋，為何這時候卻又說出合理的意見了呢？

「我會用心電感應告訴他們。」

「修平，你真的很愛胡鬧，就是因為這樣才會不受女生歡迎啦。」

「少囉唆。」

修平按下了電話號碼，將智慧型手機拿到耳邊，話筒中什麼也聽不見，他將視線掃射周遭，並沒有什麼動靜。

「如何？」千尋問道。

「打不通。」

「是嗎……」千尋在一旁大嘆一口氣。

將智慧型手機畫面切回桌布時，突然一瞬間有個東西反射了螢幕的光，修平立刻察覺到那是什麼了。

原來如此。

修平的頸環上安裝了監視攝影機，他自己就是負責監視的人，這麼一來就有趣了，修平再次用智慧型手機打電話，按下了號碼。

「你在做什麼？」千尋問。

「打電話給人在天國的爺爺。」

「白痴。」

按完號碼後，修平將智慧型手機螢幕切回了桌面。

「到高尾站之後我再叫妳，先睡一下吧。」

面對修平意外的提議，千尋回答：「這種時候怎麼睡得著呢。」

「是嗎……」

「怎麼了？」

尷尬的沉默籠罩兩人之間。

「我想再看一次遊戲製作人傳來的影像。」修平說。

「朋友被殺害的影像？」

修平點頭，他無可避免必須這麼做，一開始看的時候由於太過震撼而無法冷靜以對，但那些影像一定得重新看過才行，他要忍住內心恐懼，仔細檢驗朋友被射殺的影像。

「知道了，我就稍微瞇一下吧。」

「謝謝。」

「但是你不可以隨便亂看。」千尋用左手遮住了胸部。

還不都是妳穿這種毛衣不好，修平雖想這麼說，卻只是曖昧地笑著回應。千尋閉上眼睛後修平便開始操作智慧型手機，從收件匣中打開主旨為「規則說明」的郵件，播放了附檔中的影像。

一間沒有窗戶，如廢墟般的骯髒房間，中村仁志、內川光太郎、石橋大河被摀住嘴巴綁在椅子上，水泥牆壁毫無粉刷，蒙面男則單手拿著手槍在三人周遭踱步。

修平按下暫停，停止了影像播放，仁志、光太郎、大河的衣服都跟昨天一樣，從這個視角看來攝影機應該放在前方，既然如此他們三人應該知道自己正被拍攝。

修平仔細凝視三人，特別注意光太郎，犯人既然錄下影像就打算要給別人看，雖然也有一些具有奇怪嗜好的人喜歡看自己錄的影片，但考量到當下的狀況，這影像應該是做為犯罪聲明的用途，聰明如光太郎，應該會想辦法做些什麼。修平繼續播放影像，身體被綑綁、嘴巴被封住的光太郎似乎什麼也做不了，如果能讓他自由行動的話……

就是這個！

修平將影像倒回開頭重新播放，特別注意光太郎的臉部，他的臉就跟在卡拉ＯＫ包廂裡那時一樣，畢竟被綁架之後還沒過一天，並不會出現太大的變化。光太郎的眼睛一張一闔不停眨著眼睛，可能是房間裡灰塵太多有髒東西跑進眼裡，也有可能是暗號，想必是摩斯密碼吧，光太郎用眨眼代替摩斯密碼，想告訴修平某件事情，然而拍到他臉的畫面只有短短幾秒鐘，讀不出他想傳遞的訊息，就算重播影像幾次，也因為時間太短而無法解讀。

接著打開的郵件主旨為「問題Ｃ－3的結果」，同樣也附加了影像檔案。修平調整了自己的呼吸，打開影像檔。

蒙面男站在中村仁志的背後，將槍口頂住仁志的後腦，感到危險的仁志開始激動了起來，但卻因為被綁在椅子上而動彈不得。

砰！

發出混濁的槍響之後，噴出的鮮血濺到了蒙面男身上。

被槍擊的仁志則在畫面之外。

看完之後修平抬頭望天，影像跟想像中的不一樣，是他誤會了，其中並沒有拍到仁志被槍擊的決定性畫面，光看這段影片，並不能斷定他已經被射殺。

修平重看了一次影像，蒙面男擊發手槍的瞬間，攝影機拍攝的並不是仁志而是蒙面男，雖然看起來像是仁志被槍殺，其實只是影片效果而已。那麼下個被槍擊的石橋大河又是如何呢？打開主旨為「遺～憾」的郵件，裡頭附加了影像檔，播放影像之後螢幕顯示出監禁那三人的房間，被綁在椅子上的只有大河和光太郎兩人，沒看見仁志的身影，背後的牆壁濺上了放射狀的血跡。蒙面男出場，將槍口抵上大河的後腦，他毫不猶豫地開槍。

看著影像的修平瞬間覺得無法呼吸。

仁志被射殺時並沒有清楚被拍出來，然而畫面上卻可看出大河被射殺的景象，子彈擊發後命中大河的後腦噴出鮮血，大河倒下後毫無動彈，一命嗚呼。

雖然已有覺悟，但這段影像實在令人震驚，即便如此修平仍從頭重看了一次。

修平想看光太郎眨眼的樣子，然而他卻在畫面之外，畫面中只拍到了大河和蒙面男，大河的樣子也和昨天沒什麼改變，牆壁上放射狀的血跡是仁志的血，修平雖然覺得有點不對勁，但並不清楚原因。

「喂。」

一旁出聲的千尋，視線也朝智慧型手機的畫面上看來，修平驚慌關閉郵件，智慧型手機的螢幕回到了桌布，顯示時間為十點三分。

「時間不是快到了嗎？」
雖然千尋這麼說，但修平還摸不著頭緒。
「我是說頸環炸彈的計時器啦。」
「說得也是。」
由於違反規則接受處罰使倒數時間縮短了，修平看了一下千尋頸環炸彈上的計時器，剩下一分三十秒，無法停止倒數。
「還剩多少時間？」千尋問道。
「一分鐘。」
「要爆炸了嗎？」千尋聲音顫抖著說。
電車停靠在三鷹站。
我們的性命只剩下一分鐘，59、58、57、56、55、54、53、52、51、50……

6 監視房（a.m.10:03）

張開眼睛發現自己被黑暗包圍著，身體一直輕輕地左右搖晃，自己環抱著雙足，將身體縮成小小的圓形，這裡到底是什麼地方？既狹窄，身體又被卡在小小的袋子裡動彈不得，對了，我被塞進行李箱了。我將眼睛靠近光線射入的地方，看見了外面的樣子。

我在電車裡，雖然想發出聲音，嘴巴卻被封箱膠帶封住張不開，我用鼻子拚命呼吸著。

「保持安靜。」我聽見一個男人用低沉的聲音發出恫嚇。

這句話是對我說的，我看見一個反光發亮的東西，是菜刀，聲音的主人為了要我閉嘴而拿菜刀給我看，如果我不保持安靜的話就會被殺。為什麼我會落得如此下場？一定是因為我家很有錢的關係，不知道爸爸會不會為了我拿錢出來。錢真的有這麼重要嗎？動物明明都沒有錢，也可以活得下去，為什麼只有人類這麼需要錢呢？錢難道比人的性命還重要嗎？我實在是搞不懂。接下來我會面臨什麼下場呢？會就這樣被殺掉嗎……

好可怕，好可怕，好可怕，好可怕……

「我發現了一件嚴重的事。」

山崎的聲音讓類醒了過來，好像是自己不小心在客廳睡著了，又是那個夢，類每天晚上都深受惡夢之擾，所以才會害怕睡著。

怎麼了？

佯裝平靜的類問道，不知道作惡夢時有沒有說夢話被山崎聽到，不過這樣也罷，他應該能夠理解的。

「朝倉修平他們的計時器，馬上就要倒數到0了。」

「那麼就重設一次，延長一個小時吧。」

「我明白了。」

山崎正打算離開客廳，類說：「我也一起去。」

「我離開座位時有發生什麼奇怪的事嗎？」

「沒什麼特別的，只是……」

「有事情發生了，是吧。」

「朝倉修平試圖想打電話，當然，電話並沒有接通。」

「打電話？真奇怪，為什麼要做這麼沒意義的事？」

類皺起了額頭。

「可能是死馬當活馬醫，各種可能性都試試看吧，他還重看了朋友被射殺的影片呢。」

回到監視房的類操作著電腦，倒轉修平頸環攝影機錄下的影像，尋找他想打電話時的畫面。

「就是這時候吧。」

其中一個螢幕顯示出修平打電話的姿態，由於攝影機設置在頸環上，將修平的手拍得一清二楚，修平按下了電話號碼，是他家裡的電話。

「真無聊。」類低聲說。

「他還打了第二次電話。」

「明知道電話不通還打？」

「他的行為真是難以理解。」山崎說。

類將影像快轉找到那個畫面，修平再次按下電話號碼，看了號碼之後，類笑了出來。

「他果然很有趣。」

「怎麼了嗎？」

「對他刮目相看吧，我早就賭了他會是個有趣的人。」

「什麼？」

類將影像倒轉回去，仔細看了修平按下的號碼後，山崎的臉色變了。

「他……」

「期待接下來即將發生的事吧，選他果然是沒選錯，這場遊戲越來越有趣了。」

類一直盯著螢幕看，設置在修平頸環上的隱藏攝影機拍攝的影像，就像他以前在行李箱縫隙間看見的電車畫面一樣。

「真令人興奮呢。」

7 中央線特別快速・高尾方向（a.m.10:04）

……49、48、47、46、45、44、43、42、41、40、39。

修平和千尋頸環炸彈上的計時器，在剩下三十九秒時停住了。

「倒數停止了。」修平告訴千尋。

「我們得救了嗎？」

「還沒有，不知道數字什麼時候會再動起來。」

修平確信，炸彈不會在這裡引爆的，遊戲製作人對這個惡質的殺人遊戲樂在其中，接下來就是高潮所在，他絕不會在高潮前這個不上不下的地方讓遊戲結束。此外，接下來的路程上並不會遇到像新宿那樣訊號不良的地方，只要遊戲製作人高興，隨時都可以引爆頸環炸彈，修平他們的性命完全掌握在他的手裡。

頸環炸彈的計時器停在剩下三十九秒的狀態，經過了十分鐘以上的時間，修平他們不知自己何時會被殺死，不安的狀態一直持續著，彷彿就像在等待死刑宣告一樣，心情十分沉重。電車相繼停靠國分寺站、立川站後，朝日野站前進，此時智慧型手機收到了郵件。

寄件人：遊戲製作人
信件主旨：獎勵

久等了～
這是你們進入決賽獲得的獎勵。
頸環炸彈的爆炸時間將延後到從現在起的一個小時～後。
不過，獎勵就到此為止。
接下來可就沒有囉。
如果不在剩下一個小時內結束這場遊戲，就會砰的一聲爆炸唷～

「終於進入了最後階段。」

讀完郵件之後的修平說，他將視線放回千尋頸環炸彈上設置的計時器，數字變成了「00:59:12」，用智慧型手機確認時間，十點十九分，五十九分後的十一點十九分時，頸環炸彈就會爆炸。接下來又要做些什麼呢？沒有逃離遊戲的手段了嗎？

遊戲製作人寄來了新郵件，修平有股不祥的預感。

寄件人：遊戲製作人

信件主旨：懲罰

答錯問題F-5之後，我還沒對你們處罰對吧？

這是最後一個人質了喔。

郵件附加了一個影像檔。

「我看不下去。」千尋低頭遮住了臉。

「沒關係，我來確認就好。」

修平播放了附加檔中的影像。

依舊是那間廢墟房間，被綁在椅子上的人質只剩下內川光太郎一人，中村仁志和石橋大河都被槍殺了，毫無粉刷的水泥牆上，清楚留下了兩個放射狀的濺血痕跡。

身上濺滿了血的蒙面男，單手拿著手槍在房內踱步，嘴巴被堵住的光太郎雖然拚命叫喊，但卻說不出任何話，蒙面男繞到他身後，解開了堵住他嘴巴的東西。

「這是天神大人的差使。」

光太郎大叫，蒙面男對他的後腦開槍射擊。

砰！

光太郎被射殺了，修平全身無力，筋疲力竭地靠在座位上。

「究竟怎麼了？」千尋出聲問道。

修平無法回答，他說不出話來，腦部機能彷彿停止一般完全無法思考。一切都結束了。修平無力地搖搖頭，千尋也哽咽了起來，彷彿隨時都要崩潰大哭，修平扶著千尋，她全身顫抖不已。

實在令人無法接受。

總覺得有什麼地方不對勁，修平開始懷疑起這一切，人一旦開始疑神疑鬼了起來，恐懼就會無中生有，明明什麼事也沒發生仍會心生懷疑。然而修平的心情卻是倒過來的，他懷疑至今為止發生的所有事件都是謊言，其實說不定什麼事也沒發生，或許這是他樂觀的期待吧。三位朋友、六位認識的人可能都已經被殺了，但等成功存活下來之後再難過也不遲，總之，他就是覺得不太合理，無法接受。

「必須再看一次才行……」

修平打起了精神，播放光太郎被槍殺的影像。

被綁在椅子上的光太郎顯示於螢幕上，修平仔細觀察著他的眼睛，在最初寄來的影像中，光太郎彷彿在打摩斯密碼一般眨著眼睛，似乎在傳遞什麼訊息，可是卻因為時間太短而無法解讀。在這段影像裡，視線朝著下方的光太郎依然一直眨著眼睛，彷彿想要說些什麼。修平模仿著光太郎，將視線朝向下方眨著眼睛。

「你怎麼了？」

千尋凝視著修平的臉。

「不，我沒事。」

「有髒東西掉進眼睛裡了嗎？」千尋問道。

「不，並沒有……」

「該不會是花粉症吧？」

「花粉症……」修平重複了這句話。

原來如此，修平知道光太郎為什麼要眨著眼睛了，患有過敏性鼻炎的他被監禁在骯髒房間裡，不只鼻子不舒服，眼睛也一定很難過，但如果是這樣的話，勢必會伴隨著咳嗽或流鼻水的症狀。修平心中充滿了疑問，重看了一次光太郎被射殺的影像，看著光太郎的臉，他並沒有流鼻水。

唯一可能的是在拍這段影像前，有人幫他擦過了……是綁架犯幫他擦的嗎？不，不可能，拍攝影片的人不是綁架犯。修平仔細看著影像。

光太郎說：「這是天神大人的差使。」

砰！

蒙面男開了槍。

光太郎最後所說「天神大人的差使」究竟是什麼意思？聽到天神大人一詞，修平最先想到的是和光太郎他們去的龜戶天神社，那裡有什麼差使嗎？記得去年他們四人一起去參加了某個神事……

「對了，原來如此。」

光太郎可能還沒有被殺死。

「我們被騙了，根本沒有人死掉。」修平說。

「你說的是真的嗎？」

千尋瞪大了眼睛詢問。

「這段影像是偽造出來騙我們的，不過不知道我們的頸環炸彈是真是假，還是要謹言慎行一點。」

「光太郎還活著嗎？」千尋問道。

「現在沒有時間詳細向妳說明，但遊戲製作人的目標只有我一個，他可能會殺了我，但絕不會危害千尋小姐。」

修平沒有確切的證據，只是唬她的罷了，可是如果不這麼說，她就無法派上用場，遊戲還沒結束，接下來又不知道要做些什麼，有可能會需要她的協助，為了生存，說謊和唬人都是可以接受的。

修平低低地坐在座位上，心情沉靜了下來，這場遊戲再過五十分鐘左右就會結束，決賽究竟要做些什麼呢？對戰的對手是誰呢？如果可以指名的話，修平希望能和遊戲製作人一對一戰鬥，若真能如此，他不擇手段也要贏得勝利。電車經過日野站後停靠了豐田站，此時遊戲製作人寄來了郵件。

寄件人：遊戲製作人

信件主旨：指令

在高尾站下車後，請從北出口往外~走。

要怎麼走出剪票口呢，你們就自己想想吧。
然後，在第一個十字路口左轉，有一個停車場。
坐上停在那裡，車號為××-××的汽車。
車內導航會告訴你們要去哪~裡。
抵達目的地之後，要給我回~信唷。

他說要坐汽車……修平的推測是正確的，遊戲製作人的目標從一開始就只有修平一人。

「你有駕照嗎？」千尋問道。十八歲的修平雖然有考取駕照的資格，但由於高中生活中並沒有時間可以去上駕訓班，因此並無持有駕照。另外的六個人會有駕照嗎？他們六人都是大學應試生，應該是沒有時間去考照的，恐怕也沒有駕照吧。

「雖然不擅長駕駛，但我有駕照喔。」千尋回答。

遊戲參賽者中有駕照的只有她一個人，這場比賽的結果早就預設好了，是為了讓修平和千尋留到決賽而設計的。

「不過更重要的是……」千尋對修平說。

「什麼事？」

「要怎麼走出剪票口呢？我們手上又沒有票。」

得想想辦法才行，我們的私人物品都被拿走了，身上並沒有錢，若是因為無票坐車被捕遊戲就結束了，頸環炸彈將被引爆，有沒有什麼好辦法呢？修平想了又想，就是想不出好點子，不走出剪票口坐上汽車的話，就無法進入下一個回合了。

遊戲製作人在測試我，看看我有沒有辦法靠自己的力量逃脫困境，如果是一個人的話，還能跟在前面的人身後走出剪票口，但既然和隊友用手銬銬在一起，這個方法是行不通的。

「下個停車站是八王子吧？」

千尋打破了修平的思考。

「是啊，怎麼了嗎？」修平沒好氣地答道。

「在那裡下車的話應該沒有違反規則吧。」

「妳有什麼想法嗎？」

「在八王子可以撿到車票喔。」千尋小聲地說。

「什麼？」

「去找那種黑心乘客。」

修平側耳傾聽千尋的說明。

「有些人會在八王子購入便宜車票，到東京都中心後拿月票出站，這種人就叫做黑心乘客。」

修平安靜聽著千尋說話。

「這種人一進到車站之後就會立刻把車票丟掉的。」

如果身上帶著八王子購入的車票，被抓到時黑心乘客的手法就會曝光，只要把車票丟了，就能搪塞藉口逃過一劫。

「所以要去撿那些車票嗎？」

千尋點頭。

「那麼為什麼不在高尾站撿呢？」

「不行，在高尾站買的票無法同站進出，只有車站入場券能這麼做。」

沒有時間確認她的情報真假了，當時在上野站太過慎重了，這次就相信她在八王子站下車吧。

8 八王子站（a.m.10:27）

修平和千尋下了電車，這是八王子站第四月台，中途下車不知是否有違反規定呢？山手線回合時，他們在與指令無關的新大久保站下車，便接受了頸環炸彈計時器時間快轉的懲罰，但這次沒有收到遊戲製作人的郵件，看來這樣的行為是被允許的。

修平右手拿著沉重的行李箱，左手拉著千尋的手，緩緩走在月台上。

「車票會掉在哪裡呢？」修平低聲問道。

「這種事我怎麼會知道。」

「但這計畫是千尋小姐妳提出來的。」

「囉唆，你根本沒有想到走出剪票口方法。」

「方法當然有，但這次我想把功勞讓給千尋小姐妳嘛。」

「哇，居然逃避問題，真是糟透了。」

鬧彆扭的千尋站在原地將身體別向另外一邊，此刻時間仍不停流逝，修平不希望因此浪費時間。

「我知道了，老實說我沒想到方法，我投降了，所以我們一起找車票吧。」

「你再不老實一點，人生可是會吃虧的。」

千尋走了起來，第四月台的地板清掃得非常乾淨，沒有車票掉在這裡。

「說不定剪票口附近會有吧。」

「該不會……」

要去剪票口就必須爬上階梯，修平猶豫了。

「不然行李箱我來提吧。」

千尋雖然這麼說，也不能說句「好啊麻煩你了」然後就這麼交給她，或許有些男人會這麼做吧，但修平卻有著愛逞強的頑固性格。

「不用了。」修平提起行李箱，雖然右手的力氣已經接近極限，但還是裝作沒事地爬上了階梯，千尋則是一邊爬樓梯，一邊低頭找尋車票。

真的會有車票掉在地上嗎……

走出通往剪票口的通道，依然還是沒有車票掉在地上，只有垃圾而已。現在這時代 Suica 和 PASMO 等電子錢包已經成為主流，還有人買車票當黑心乘客嗎？修平開始懷疑起千尋的點子了，該不會就此失敗吧……

「果然還是不去那裡不行。」千尋說。

「那裡？」

「往東京方向的月台。」

又要下階梯了，而且去到往東京方向的月台之後，就算撿得到票，也得先往上爬回這裡，然後再走下往高尾方向月台的階梯才行。

「算了，既然如此，不如硬是衝過剪票口吧。」

平日的修平絕對不會說出這種急躁的做法。

「不可能的，拉著這麼大的行李箱，我們兩個又被手銬銬著，一定會被逮捕的。」

千尋說得沒錯，但修平無法老實地贊同她。

「為什麼要去往東京方向的月台呢？」修平以消沉的聲音問道。

「這是當然的啊。」

跟她真是講不通，當然什麼啊？這樣根本沒有回答問題嘛。修平默不吭聲，千尋只好百般不願地加以說明。

「來這一站坐車的人絕大多數都是要去東京的，他們在此購入一百五十元的車票，到都心後再用月票出站，或在新宿、澀谷那一帶與友人會合，拿後者買的便宜車票出站。剪票口周遭比較引人注目，也有站務員巡邏，所以他們應該會下了月台之後再把車票丟掉吧。」

她一定有做過這種事，是個當過黑心乘客的人。

「下樓梯吧！」修平自暴自棄地說。

要是在此失敗，超過時間限制而引爆頸環炸彈，修平死了也會變成冤魂的，不過到時候應該她也會一起死吧。

修平提起沉重的行李箱，牽著千尋的手下樓梯，他的手腕彷彿快被扯斷，也只能咬緊牙關忍耐下去。前往東京方向的列車似乎剛剛開走，月台上都沒有人，正是好時機。

「那裡一定會有。」

位於千尋視線前方的是候車室，修平和千尋拉著行李箱走了進去，修平搜尋了一下地板，掉在地上的只有紙屑、傳單、寶特瓶、空罐等等，並沒有車票。沒救了，正當修平要放棄的時候，「有了！」千尋邊看著長椅下方邊說。

「你看！」

千尋從長椅下方撿出一張車票，是從八王子進站的一百五十元車票，購票日期又是今天，是可以用的，這麼一來就能走出高尾站的剪票口了。

「好，我們走吧。」

「可是還差一張票呢。」

「一張就夠了，兩人身體貼在一起出站吧。」

「什麼？」

千尋投以懷疑的眼神。

「不對，不對，我沒有想什麼色色的事情。」

「我相信你。」

兩人急忙走出候車室，來到了階梯前。

「上去吧。」

修平嘆了一大口氣，提起行李箱。

「電車來了。」千尋大聲說。

修平看見往高尾方向的電車駛入第四月台，如果不搭上這班車，就沒有時間再等下一班了。

「用跑的！」

修平牽起千尋的手跑上階梯，就算修平再怎麼年輕，成天唸書運動不足的身體一直上下樓梯還是很累的，不只提著行李箱的右手，腳也已經快不行了。雖然如此，他並不想死在這裡，更不想輸給這個躲在幕後指使他們進行荒謬遊戲的遊戲製作人。衝上階梯之後，修平繼續提著行李箱在通道中奔跑，千尋的運動神經似乎不差，她用和修平同樣的速度跑著，兩人順勢衝下了階梯。

月台上響起即將發車的警告音。

修平和千尋在千鈞一髮之際搭上電車，總算是趕上了，修平的胸口翻騰不已，心臟彷彿要跳出來似的，千尋也抖著肩膀激烈換氣，這麼一來就能留在遊戲裡了。

9 高尾站（a.m.10:44）

中央線特別快速電車抵達終點高尾站，修平和千尋朝著剪票口緩緩前進，由於最近的登山熱潮，很多人在高尾站下車，這樣或許能騙過站務員的眼睛，用一張車票讓兩人同時出站，樹木隱於森林，人隱於人群，想要不引起注意走出剪票口，跟著人群是最好的辦法。負責監視的人不知躲在哪裡，一直有感覺到別人的視線。在八王子站坐上電車後，修平和千尋便擬定了作戰策略，由右手可自由行動的修平走在前頭放入車票，千尋則負責在後面拉行李箱，就算有人制止，也要裝作不知道繼續往前進。

這麼臨陣磨槍的計畫能夠順利成功嗎？修平雖然感覺不安，但沒有時間煩惱了，必須先突破這一關才行。

往北入口剪票口前進的路上，修平向千尋用眼神打了個暗號，千尋微微點了頭。

修平將車票放入剪票口，拉著行李箱的千尋則像抱住修平一樣貼著他的身體，彷彿棉花糖一般的胸部觸碰了修平的背，觸感真舒服，不對，現在不是享受的時候啊。兩人穿越了剪票口，作戰成功了。

為什麼心裡會有一種頭髮被人扯住的不快感呢？

修平轉過頭去，和一位站務員四目相交，該不會被發現了吧？然而那位站務員卻將視線別了開來，難道只是不小心對到眼而已嗎？

「怎麼了？」千尋問道。

「我覺得好像被人發現了。」

「那麼就更不該呆站在這裡，快點走吧。」

「好……」

在千尋的催促之下，修平邁開了步伐。

此時智慧型手機鈴聲響起，嚇出修平一身冷汗。

遊戲製作人寄來了郵件。

寄件人：遊戲製作人

信件主旨：這樣不對唷

居然拿撿到的車票出站，真是個壞孩子。

這是犯法的，會被逮捕喔。

我忘了說，這台手機有電子錢包的功能。

辛苦你們啦。

快到終點囉，馬上就要見到面了，真期待呢。

既然手機有電子錢包功能，只要感應手機就能出站，根本不需要在八王子站大費周章找車票了。

「可惡的傢伙！」

修平按不下心中這股怒火，如此卑劣的傢伙真是世間少有，當修平和千尋在辛苦撿票時，他一定一邊嘲笑著一邊冷眼旁觀吧。

對了，這一定是對修平的報復，因為他在智慧型手機上按下了那串號碼，所以才被如此捉弄，這麼說來，犯人就是那個傢伙……

「這手機可以當電子錢包用啊？」

千尋這番唐突的發言，讓修平洩了氣。

「妳為什麼不生氣點呢？他在嘲笑我們耶。」

「話是這麼說，但對方不在眼前，到底是要對誰生氣……」

不行，跟她說話總會亂了陣腳，兀自生氣的修平彷彿像個白痴一樣。

「我們是往這裡走沒錯吧？」

千尋用平淡的聲音問道。

修平抱著忿忿不平的心情確認郵件。

「走出北出口，第一個十字路口左轉後有個停車場，車似乎就停在那裡。」

兩人照著郵件的指示前進。

第三章　最後回合

1 場外（a.m.10:46）

從高尾站徒步兩分鐘左右，抵達了指定的停車場，只在柏油地上畫了白線的樸素停車場，既沒有管理員，也沒有設置機械。

修平拉著行李箱，和千尋一起走進停車場。

手銬該怎麼辦呢？雖然千尋有駕照，但有辦法銬著手銬駕駛嗎？

「是那台車吧。」

千尋似乎很擅長找東西，一下就找到了郵件中所寫車號的車子，於是他們便一邊拉著行李箱，一邊走向車邊。指定的汽車是台黑色的ＢＭＷ。

「啊，駕駛座在左邊[4]。」千尋面有難色地說。

[4] 日本車輛都靠左行駛，因此一般國產車駕駛在右邊，左駕的通常都是進口車。

「妳會開嗎？」

「我沒開過左駕車。」

「我沒有駕照，也不會開車，只能靠千尋小姐了。」

「我沒自信，但會盡量試試看。」

車門沒上鎖，車子的鑰匙就插在裡頭，修平將行李箱放到後座，然後從駕駛座這一側的門上車，往副駕駛座移動，被手銬銬在一起的千尋，宛如像被修平拉進去一樣坐上了駕駛座。

「這已經不需要了。」

由於已經變暖了，修平打算把脖圍脫掉，但卻被某樣東西勾住拉不開，想必是監視用的攝影機吧，一旁的千尋協助幫他脫掉了。

「我也要脫。」

千尋的脖圍輕易便脫掉了，頸環上的計時器整個露了出來。

00:33:33

距離時間限制還有約三十三分鐘。

千尋發動引擎，車用導航自動開啟，目標已經設定好了，只要跟著導航就能抵達目的地。

「不知道有沒有問題。」千尋低聲說。

「妳一定辦得到。」

修平只能在一旁打氣，作好心理準備交給她駕駛。

「那麼，我們走吧。」

千尋開動車子，每次轉方向盤時就會拉扯到修平被銬著的左手。

「對不起。」千尋道歉。

「沒關係，別在意。」

幸好指定的汽車是左駕車，如果是右駕的話，修平被銬著的左手就要放在千尋駕駛時靠窗的那一側，屆時只能從副駕駛座伸長了手，或從後座將手伸過去才行了。

不對。

這是一場安排好的遊戲，早就決定是修平他們抵達這裡了，一開始就已預定要由千尋來開這台車。

「結局將會如何呢，遊戲製作人先生。」

按照導航的指引，千尋駕駛的車進入山中，附近已經看不到住家了。雖然千尋對自己的駕駛沒有自信，但目前為止還沒發生任何危險。

「是這條路沒錯嗎？」

隨著路越來越往山裡去，千尋不安詢問道，車內導航還沒告知抵達目的地。修平將視線轉向智慧型手機，遊戲製作人也沒寄來郵件，頸環上設置的攝影機監視著兩人的行動，如果走錯路的話對方應該會寄信來吧。

「繼續跟著導航的指引吧。」

「知道了。」

道路是沒有鋪裝的山路，車子不停上下搖晃，頸環炸彈應該不會搖一搖就爆炸吧？雖然降慢速度可以減緩搖晃的程度，但卻會擔心超過時間限制，如果在抵達目的地之前被爆死的話，修平死也不會瞑目的，死前至少要和遊戲製作人對決一戰，如果辦不到的話，至少也要看看對方的長相。

車子搖搖晃晃地前進著，往前方一看，道路分成了兩條。

「請朝右側道路前進。」導航告知。

千尋打了方向盤，轉進右邊那條路。

「請直走。」導航告知。

「不會吧！」千尋大叫一聲，停下了車子。

車的前方是一條廢棄的隧道。

「該怎麼辦？」千尋詢問。

修平也煩惱了起來。

「請直走。」導航告知。

「走吧。」修平做出了決定。

「可是……」

面對遲疑的千尋，修平告訴她：「往前走吧。」

「我知道了。」千尋下定決心後開動車子，駛進古老的隧道裡。

「距離目的地還有一百公尺。」導航告知。

千尋緊抓著方向盤駕駛，崎嶇的道路使得車子更加搖晃，隧道內沒有電燈，因此只有車燈做為照明。

咚！

車子大幅搖晃後停了下來，輪胎卡進路上的洞裡了。

「抵達目的地。」導航告知。

「這是怎麼回事？」

雖然千尋這麼問，修平也不知道答案。

「抵達目的地。」導航重複告知。

究竟是怎麼回事？這裡就是目的地嗎？

修平看著智慧型手機的螢幕，顯示訊號強度的天線符號打了個叉叉，沒有訊號，在這樣的廢墟隧道中，怎麼可能會有行動電話的訊號呢。

「收不到訊號。」修平說。

「是這裡沒錯吧？」

「我們照著導航的指示來的，應該沒錯才對……」修平也說得含糊不清。

「一定有問題。」

千尋堅稱。

「往回折返吧。」

沒時間猶豫了，修平說完，千尋便開始倒車。

喀拉喀拉喀拉……輪胎空轉著。

「咦？奇怪。」千尋洩氣地說。

她換檔想往前開，輪胎還是一樣空轉，車子在導航告知目的地的前一刻掉進了洞裡，就算車子還能發動，輪胎也只能在原地空轉。

「車子動不了，怎麼辦？」

時間越來越少，不能繼續在這裡進退維谷了。

「下車吧。」

「下車做什麼？」

「用走的回去。」

隧道前方情況不明，漆黑一片看不清楚，若想確實走出隧道，只有後退一途了。

「行李箱該怎麼辦？」

千尋提問，修平猶豫了一下，在沒有鋪裝的道路上拿著行李箱走路實在太麻煩了。

「放在這裡，只要把車子鎖起來就沒問題了吧。」

修平拿著智慧型手機，牽著千尋下車，從後方可看見隧道的出口，兩人快步走著。修平看了一下千尋頸環炸彈的計時器，剩下時間不到七分鐘了。

「快走吧。」

陰冷的隧道中，修平和千尋牽著手前進，走出隧道後智慧型手機恢復了訊號，馬上就收到遊戲製作人寄來的訊息。

寄件人：遊戲製作人

信件主旨：目的地

抱歉，歹勢。

車內導航設定錯了啦。

往回走不是有條分岔路嗎。

在那裡不是向右轉，往左轉的話就到決戰地了！

「導航果然出錯了。」千尋說。

修平無法釋懷，為何車內導航的目的地故意設錯在隧道之中呢？修平雖然覺得可疑，但也只能遵照指示折返了，他拉著千尋的手快步往回跑。在這樣的深山裡究竟會有什麼東西？兩人跑回了那條分岔路。

「如果剛剛在這裡沒往右轉，而是朝左走就好了。」

雖然千尋這麼說，但她只是遵照車內導航的指引駕駛，一點錯也沒有。兩人朝左方道路跑去，千尋算是體力滿好的女孩子，但也已經快到極限了，她跑步的速度漸漸慢了下來，由於被手銬銬著，修平也無法獨自先往前跑去。

「加油。」

他抓著千尋的手，兩人一起向前走。

「該不會是那個吧？」
前方出現一棟奇怪的建築物。
「這是怎麼回事？」修平大聲叫喊。

2 沒有入口的建築物（a.m.11:16）

修平和千尋停下了腳步，在荒山野嶺之中，蓋了一棟如正方形骰子一般的水泥建物。
「這棟房子是怎麼搞的？」修平低聲說。
四方形的建築物上既沒有門也沒有窗。是沒有入口的建築物。
正面只有一面牆壁，上頭有個如保險箱密碼鎖般的圓形凸起物，還有一個像信箱一樣的長方形箱子。他們往建築物前方走去，便收到了郵件。

寄件人：遊戲製作人
信件主旨：決戰之地

真了不起，竟然能來到這裡。
你是我的朋友。
我一直在等待著你。
在那之前，我把你成功抵達這裡的禮物放進了信箱。
決賽規則。
只要你能在頸環定時器走到 00:00:00 之前打開密碼鎖的話，就算你贏。
如果打不開的話就是我贏了，你將會被爆死。
我就在這棟建築物裡。
來吧，試著打開看看吧。

讀完郵件後修平立刻打開信箱，裡頭放了一把小小的鑰匙。
「是手銬的鑰匙！」千尋叫喊道。
修平用那把鑰匙打開了兩人的手銬，終於可以和她分開了。
「頸環拿不下來嗎？」
「似乎不打開這個像保險箱密碼鎖的東西，就拿不下來。」

「已經沒有時間了。」

修平瞥了千尋頸環上的計時器一眼。

00:01:33

剩下一分三十秒。

「這就是最後的問題。」

「要怎麼打開呢？」千尋問。

修平仔細看著那個密碼鎖，箭頭朝著正上方，轉輪上總共有二十九個刻度，就像保險箱的密碼鎖一樣，左右旋轉才能將鎖打開。

「難道沒有任何線索嗎？」修平低聲說。

「沒有時間了！」

千尋伸手去抓頸環。

「住手！硬是把它拆掉的話會爆炸的。」

被修平這麼一說，千尋驚訝地停下了手。

「沒救了，怎麼可能知道那是幾號嘛。」

剩下時間不到一分鐘。

被逼到這個節骨眼上，修平的頭腦總算開始全速啟動了。

「原來是這麼回事。」修平靈光一閃。

「你知道了什麼？」

「我試試看吧。」修平賣了關子，伸手操作建築物上的密碼鎖。

「我可以相信你嗎？」

「是人遲早都會死。」

修平開始轉起了密碼鎖，上面總共有二十九個刻度，這數字給了他靈感，山手線總共有二十九個車站，因此這密碼鎖是模仿山手線的形狀，開鎖的號碼就是修平他們乘坐的山手線電車路線。

頂點是巢鴨站，從那裡開始搭乘順時針方向的外環電車，朝十七站後的五反田站前進，他將密碼鎖順時針旋轉十七格之後停下。接下來他們搭上逆時針的內環電車，朝十一站後的上野站前進，修平將密碼鎖逆時針轉了十一格。接著轉乘到池袋站，是從上野站坐外環電車的第二十一站，順時針轉二十一格。下一站是品川站，是從池袋站坐內環電車的第十二站，逆時針轉十二格。最後的東京車站，是從品川站坐外環電車的第二十四站，順時針轉二十四格。

「這樣應該可以打開了。」

可是什麼也沒發生。

「現在到底是怎樣？」千尋尖叫了起來。

一片寂靜，雖然時間很短，但陷入恐懼的兩人卻覺得十分漫長，修平看著千尋頸環上的計時器，剩下9、8、7、6、5、4、3、2、1，倒數計時在剩下一秒鐘的時候停止了。

郵件寄達的鈴聲響起，修平嚇得心臟都快跳出來，千尋則軟了腳，直接坐到地上。

「是郵件啦。」修平像在開玩笑似的說著。

千尋坐在地上點了點頭。

寄件人：遊戲製作人

信件主旨：最後問題的結果

正確答案。

不愧是高中猜謎王冠軍。

頸環計時器的開鎖號碼是隊友的生日。

不過，收到這封信之後六十秒內就會爆炸唷。

修平看了一下千尋頸環上的計時器，55、54、53……又開始倒數了起來。

「我頸環的密碼是千尋小姐的生日，麻煩你幫我輸入密碼。」

修平一屁股坐到地上拜託千尋。

「什麼？」千尋一片茫然。

「妳的生日是幾月幾號？」修平問道。

「四月一日……」

「四月一日，不是愚人節嗎？」

「我又不能選擇在哪天出生！」千尋憤怒地說。

「抱歉，抱歉，就是那個號碼，幫我把頸環上的號碼轉到0401。」

按照修平所言，千尋將頸環的密碼鎖轉到0401的位置，修平的頸環便解開了。修平雖然鬆了一口氣，但頸環並沒有停止倒數。

「為什麼會這樣？」

「也幫我解開吧！」千尋發出慘叫。

她頸環上的計時器顯示剩下不到二十秒了，開鎖密碼是修平的生日1012，他急忙將號碼轉到位，解開了她的頸環。

剩下時間不到十秒了。

「這是真的炸彈嗎？」

修平一邊自言自語，一邊將兩個頸環炸彈扔了出去。

轟隆！

頸環在空中大爆炸，出乎修平的意料之外。

「居然是真的！」

一旁看著的千尋依舊坐在地上，驚訝地張大了嘴。

「光太郎真的沒事嗎？」

看了爆炸之後，擔心的千尋詢問了起來。

「遊戲製作人寄來三人的槍殺影像都是假的，是譏錄片。」

「譏錄片？」

「就是假的紀錄影片啦。」

恐怕是遊戲製作人騙了志願成為電影導演的石橋大河，由他製作這支偽紀錄片吧，其他兩人什麼也不知道，只是配合大河而已，這是修平的推理。

「真的沒有被殺嗎？」千尋再度確認一次。

「牆上不是沾上了放射狀的血跡嗎？既然蒙面男是從後腦開槍，那麼他的背後應該不會沾上血跡才對，放射狀的血跡是假造的。此外，還有光太郎最後說的那句話。」

「我沒有看那段影像。」

「光太郎在被槍擊之前，說了『這是天神大人的差使』。」

「什麼意思？」千尋問道。

「去年我和光太郎他們到龜戶天神社祈禱考試合格，那天我們參加了鷽替神事，是場趨吉避凶的儀式，於是我便想起，鷽鳥是那裡的差使。」

「鷽鳥？」

「鷽就是紅腹灰雀，是太宰府天滿宮和龜戶天神社裡『天神大人的差使』，鷽也代表謊言的意思，因此光太郎是想比喻說這段影像是一個謊言。」

這個推理應該沒錯，那三人並沒有被殺死，此外參加遊戲的另外六人想必也平安無事。

「閒聊就到此為止，客人已經在裡面等候了。」

修平將手借給千尋，幫她從地上站了起來。

「遊戲製作人就在這棟建築物中？」

「天曉得……但是裡頭一定有什麼在等著我們。」

修平臉上浮現曖昧的笑容，抓起密碼鎖旋鈕一拉，牆壁的一部分變成了長方形的門，微微朝外側開啟。

千尋看傻了眼，修平對她說：「一起進去吧。」

「我在這裡等就好。」

「我們一起來到這裡的，就一起進去吧。」修平堅持邀請千尋入內。

「但是……」

「如果妳害怕，要我牽著妳的手也可以喔。」

沒有接吻經驗的男人都這麼說了，千尋這下不進去可不行。

「知道了啦，我進去總行了吧。」

「很好，就是這股氣魄。」

慢慢將門拉開後，入口出現在眼前，修平和千尋一起走了進去。

建築物內似乎只有一間房間，是個十分冷硬的空間，裡頭和外面看到的一樣沒有窗戶，只有一個無法打開的天窗，裡頭開著電燈，十分明亮，地板上放了漫畫書、零食、寶特瓶果汁等物品。有人曾經住在這裡，不對，現在也還在此地，那個人睡在角落的床上，是個五、六歲大的男孩。

「這孩子就是遊戲製作人？」千尋提問。

「不對。」

「那是誰？」

「這個嘛，問問聚集在外頭的那些人吧。」

修平抱起那孩子，看似疲累的男孩睡得很沉，並沒有醒來，既然聽得見呼吸聲表示他沒有死，臉色也不差，健康狀態應該不錯。

修平往房間外面走去，千尋說著：「等等我。」然後也跟了出來。

千尋出來之後嚇了一大跳，差點沒有昏倒。

「現在是怎樣！究竟怎麼回事？」

「是場盛大的歡迎儀式啊。」

他們進入建築物後頂多待了兩、三分鐘，在這段時間裡，警察已將建築物包圍，停了數十台巡邏車，空中還盤旋著直升機，簡直像是警匪連續劇或電影一般，只不過這一切都是真的。

「我們會怎麼樣？」千尋說得都快哭了。

「二選一，不是誘拐這孩子的綁架犯，就是從綁架犯手中救出這孩子的英雄。不論如何，都要接受警察的訊問吧。」

修平溫柔地將那孩子放在地上，舉起雙手，千尋也匆忙將雙手舉起。

「原來如此，把我們引誘到沒有訊號的隧道裡原來有他的理由。」

「什麼理由？」千尋問道。

「池袋貓頭鷹布偶裡頭裝的是贖金。」

「騙人的吧……」

砰咚！

千尋昏倒了。

3 入學典禮（一個月後）

朝倉修平出席了國立××大學的入學典禮。發生事件之後，修平和千尋既沒被當成綁架犯，也不是從綁架犯手中救出孩子的英雄，他們被認為是遭天才綁架犯利用的愚蠢年輕人，被媒體大肆炒作了一番，至今為止，還是有人會看著修平偷笑。

「喂喂，就是他，那個被綁架犯利用來運送贖金的笨蛋。」

「他該不會其實是共犯吧？」

「什麼高中猜謎王冠軍，現在是笨蛋王了啦。」

「看起來就很笨。」

有些人就是故意講得大聲到讓修平聽見，人們喜歡將名人捧上雲端，再重重摔進谷底，不過當時身為高中猜謎王冠軍也沒有被捧得多高……修平雖然聽見別人說他的謠言和壞話，也只能視而不見，人們說謠言要傳七十五天，再過幾天大家就忘了吧。

修平從沒有入口的建築物救出的孩子，是日本最大網路購物公司，暖洋洋購物老闆的獨生子杉浦翼，才六歲大，他是在修平發現之前兩天被綁架的，犯人要求將四億贖金分成各一億元裝在四個池袋貓頭鷹布偶裡，放在ＪＲ池袋站的大都會飯店剪票口，並立上一面黑底黃色無限大符號的旗子。犯人不只一個，並威脅如果警察逮捕前往搬運贖金的人，就會立刻殺死人質。

修平他們被迫成為了搬運贖金的人，犯人計畫分別在池袋站、品川站、中野站讓各組搬運人馬坐上不同的電車，好分散跟蹤他們的警察。修平以為自己贏得了猜謎遊戲的勝利，但其實一切早就設計好了，他們只是按照犯人的劇本行動罷了，是隨著遊戲製作人起舞的落魄舞者，儘管如此，修平仍無庸置疑是這場遊戲的男主角。

這樣值得高興嗎？實在是有點難說……

綁架案中的高潮就是救出人質，修平和千尋見證了這一切，不論別人怎麼說，他們確實是遊戲的主角。另外三組人馬中途就沒收到遊戲製作人的郵件了。橫濱海斗高中的久我葉月和辻正彥在品川站坐上京濱東北線之後，便收到寫了這段文字的郵件：

「如果不趕快拆掉頸環炸彈的話，就會爆炸。」正當他們急忙打算拆掉時，突然噴出了煙霧。

修平他們在山手線電車上看見的景象，並非爆炸。

他們的頸環上只是設置了冒煙的煙火而已，葉月和辻僅受到輕微的燒傷，連痕跡都不會留下。當時撲向兩人的西裝男是跟蹤他們的刑警，而在京濱東北線上發生的事並沒有立刻登上新聞，也是因為牽涉到綁架案的緣故。修平和千尋他們感覺到的視線，並非來自於遊戲製作人派的監視人，而是尾隨八人的刑警的視線。其中四分之三的三億元贖金，已在交給犯人集團前回收了，只有修平他們運送的一億元消失無蹤，當時刑警雖然立刻追進了隧道，但行李箱中的一億元已經不見了。箱子會這麼重，是因為裝了截斷追蹤裝置電波的鐵板，遊戲製作人十分謹慎小心，生怕光靠箱子還是會洩漏電波，因此才誘導修平他們走進電波絕對傳不到的隧道之中。

儘管如此，犯人集團還是留下了許多的物證，有些人的臉還被遊戲參賽者目擊過，他們幾乎全被逮捕起來了，日本警察是很優秀的。然而，唯有設計這個計畫的主嫌遊戲製作人沒被抓到，被逮捕的都是用錢雇來的嘍囉，他們也不知道遊戲製作人的身分。一億元至今仍然消失無蹤，令修平想起了以前看過的ＤＶＤ電影《刺激驚爆點》，而遊戲設計師就是謎樣的罪犯凱撒·索澤。

經過警察的訊問之後，刑警最後問修平的一個問題是：

「你知道犯人是誰嗎？」

由於對方的態度太過敷衍，因此修平鬧著彆扭不肯說，其實他知道犯人是誰，犯人就是那個男人。遊戲製作人應該對錢不感興趣，可是如果沒有獎金又覺得有點不滿，因此才收下了那一億元。遊戲製作人的目的不是金錢，如同郵件中所寫的，他的目的是遊戲，並且要和修平一起享受。

入學典禮結束後，修平叫住了某個男人。

「我是朝倉修平，我一直在找你。」

修平面前有位坐著輪椅的青年，他就是森下類。

「你就是遊戲製作人吧？」修平劈頭就問了這句。

「有什麼證據嗎？」類冷靜回問。

「沒有，但你就是那個案件的主嫌吧，森下類。」

站在類輪椅後面的強壯男人瞪著修平，他就是類的保鑣及忠實部下山崎真治，原本是警視廳搜查一課的優秀警探，這些資訊都是修平獨自調查出來的。

「我們差不多該走了。」山崎說。

「我想再跟他說幾句話。」

「但是……」

「沒關係，他是我的朋友。」類說完，山崎便沉默了。

「你覺得我為什麼會知道是你？」

面對修平的質問，類只是無言笑著回應，這個男人以為自己是個正常人，太可怕了，任何事情可能都提不起他的興趣吧。

「只有我和千尋的頸環裝了真正的炸彈，那是為了想製造緊張感嗎？」

類依然沒有反應，修平繼續說著。

「另外，你裝了偷拍用的小型攝影機，而且還不只一個，為了看清楚四周因此設置了四個，雖然爆炸之後無法進行確認，但遊戲製作人應該是想把自己變成我，享受這個遊戲吧，真是個怪人。」

「你玩得開心嗎？」類提問道。

「託你的福我很享受，搏命進行的遊戲真是刺激極了，但是玩到一半發現你在操縱比賽的結果，因此而壞了我的興致。」

類毫無表情，似乎是個沒有感情的人。

「十二年前有個六歲少年被綁架的案件，你應該還記得吧。」

修平感覺到一股殺氣，並非來自於類，而是山崎傳來的。儘管如此，他還是要繼續說下去。

「犯人將綁架來的少年塞進行李箱中，乘坐電車不斷移動，真是非常創新的想法。綁架案因為牽涉到人質，多半會停留在一個特定的地方，因此警察通常會去搜索隱密的住所，就算犯人要移動也多半使用汽車，要是在坐車的過程中被臨檢就完蛋了。用電車不斷進行移動，實在是個有趣的想法，沒有人想得出來，然而日本警察也十分優秀，其中有位刑警識破了犯人的手法，將犯人逼到了車站月台上。」

「夠了！」山崎說道，當年識破犯人手法的就是他。

「接下來，由我來說吧。」

類依舊不帶表情，開始訴說著十二年前案件的始末。

「被逼到絕境的犯人，帶著行李箱裡的孩子跳下月台撞上急行電車，犯人死亡，而當時還是孩子的人質，也就是我，雖然奇蹟似的獲救，但一生都要坐著輪椅生活。無法成功逮捕犯人的刑警引咎辭職，他就是我身後的這個男人，警視廳喪失了一個優秀的人才。」

想出這個遊戲的人是類，但執行的人是山崎，他們兩人一組，要騙過警察的眼睛並非難事。

「經歷那個事件之後我失去了情感，雖說如此，但我依然會哭、會生氣、會笑，這些感情還是有的，日常生活中也不會做出什麼奇怪的舉動，是個正常人。然而，六歲時被誘拐的經驗實在太過強烈，當時我被塞在行李箱裡，隨時都有可能被殺，和綁架犯一起在電車上旅行了五天，從此之後我就再也體會不到恐怖和刺激的感覺了。」

原來這個男人是透過修平頸環拍攝的影像，享受那份恐怖的感受。

「去年父親死亡後我獲得了龐大的遺產，不自由的身體，欠缺刺激與恐懼的感情，再加上家財萬貫，簡直太不幸了。」

原想附和的修平，在點頭之前停頓了下來。

「在這場遊戲之中，我覺得最大的樂趣就是那個電話號碼。」

在中央線特別快速電車上，修平曾拿起智慧型手機撥電話，第一通是打回自己家，電話沒有接通，第二次則大膽臆測輸入了一組數字，雖然當時沒有確信的把握，還是輸入了類那起綁架案件發生的年月日。後來遊戲製作人故意不說可以用智慧型手機通過剪票口，害他們跑去撿車票，肯定是因為真實身分被識破，才故意找他們麻煩洩憤，也就是說，修平的推理是正確的。

「你要逮捕我嗎？」

類問道，修平則搖了搖頭，就算想逮捕他也沒有證據，山崎想必將一切都妥善處理好了，連修平跑來叫他這件事，都在類的計畫之內。

「今天很謝謝你，見到你我很開心。」

類說完，山崎便推動了輪椅。

「再會，我的朋友。」類拋下這句台詞後便離去了。

修平默默看著他的背影，為了讓修平看穿真面目，他故意留下了好幾個線索，其中一個就是在沒有入口的建築物前寄送的郵件，上面寫著：「我就在這棟建築物裡」。沒有入口的建築物裡藏著被綁架的六歲孩童杉浦翼，六歲被綁架的少年，這點和類一模一樣。郵件中還寫了這一段：

「你是我的朋友。我一直在等著你。」

他一直在等待修平的造訪，但那個場合不是在沒有入口的建築物裡，而是這場大學入學典禮。

「既然你叫了我一聲朋友，我們之間就還沒結束，才剛開始而已。」

修平凝視著乘坐輪椅離去的青年，沉浸在相見的餘韻之中，此時手機鈴聲把大好氣氛都破壞光了。

「這種時候，是誰打來的？」

修平從口袋中拿出父母慶祝他考上大學而買的智慧型手機，螢幕上顯示來電者為「內川千尋」。

「我才想說怎麼故意挑這麼爛的時機打來，原來是千尋小姐啊。」

他嘆了一口氣後接起了電話。

「恭喜大學入學！」他聽見了千尋那無比開朗的聲音。

「謝謝。」修平簡短答道。

「入學典禮結束了吧？」

「捺著性子聽完大家說我壞話並投以冷淡的視線之後，順利結束了。」

「你講話還是一樣酸耶，大家都在等你唷。」

對了，入學典禮結束後，我們約好要在光太郎家裡舉辦慶祝派對，成員有仁志、大河、光太郎和修平四人，應該沒有叫千尋來啊……

「快點來啦，這裡有修平你最愛喝的啤酒唷。」

「我還未成年，不能喝酒！」

電話另一頭傳來千尋的笑聲，修平氣得掛斷了電話。自己似乎被一個麻煩的傢伙纏上了，原本心目中愉快的大學生活，看來會變得熱鬧一點了。

國家圖書館出版品預行編目資料

山手線死亡遊戲 / 藤 達利歐著 ; 雍小狼譯 . --
初版 . -- 臺北市 : 皇冠 , 2015.3
面 ; 公分 . --（皇冠叢書 ; 第 4456 種)(異文 ; 2)
譯自 : 山手線デス・サーキット
ISBN 978-957-33-3141-4（平裝）

861.57 104002107

皇冠叢書第 4456 種

異文 | 2

山手線死亡遊戲

山手線デス・サーキット

作　　者—藤 達利歐
譯　　者—雍小狼
發 行 人—平雲
出版發行—皇冠文化出版有限公司
台北市敦化北路 120 巷 50 號
電話◎ 02-27168888
郵撥帳號◎ 15261516 號
皇冠出版社（香港）有限公司
香港上環文咸東街 50 號寶恒商業中心
23 樓 2301-3 室
電話◎ 2529-1778　傳真◎ 2527-0904
責任主編—盧春旭
責任編輯—蔡維鋼
美術設計—程郁婷
著作完成日期— 2011 年
初版一刷日期— 2015 年 3 月

法律顧問—王惠光律師

讀者服務傳真專線◎ 02-27150507
電腦編號◎ 554002
ISBN ◎ 978-957-33-3141-4
Printed in Taiwan
本書定價◎新台幣 260 元 / 港幣 87 元